我還是會繼續釀梅子酒

張西 著

suncolor
三采文化

目錄

Contents /

輯二

緣分並不究責

Contents /

輯三

把自己長齊

Contents /

—特別收錄—

被生活輾過的千萬張臉

距離要將這篇自序交給編輯的表定日期已經超過了幾天，這幾天總定不下心，知道這篇序寫完時，這本書在自己這裡就暫時結束了，幾個月後才會在人海中開始。這種作者與讀者之間，透過作品衍生出的時差，越趨令我在意，因為不願意作品的節奏就是自己的生活節奏，因為希望自己不只是活在一本本印刷作品裡。

這是第四本常態性出版作品。往回望前面三本，一本日常散文、一本遊記性散文、一本長篇小說，如果某一天忽然全球網路斷線，又或是網路平台們全部被駭，那麼真正代表張西的只有這幾本書（再加上兩本非常態性出版品），一想到這裡，就會激起務必要繼續書寫的心情，不是面向他人的展示，而是敘述自我的累積。所以很高興這一本回到了日常散文書寫，像替自己繞了一個圈，並給予擁抱。

這本書主要收錄我於二〇一八、二〇一九年寫下的日常小事、細碎的心情，部分是以網路平台上發表過的日記重新調整改寫，部分是我並未公開發布過的內容，它們可能包含著更私密、更矛盾、更悲觀消極的我，或是更破碎的我、更異想天開的我、更現實的我，我希望它們不要隨著網路社群的特性而帶有即時性的觀感，我希望它們被時間打散（甚至失去一些時間性），變成一個階段的紀錄，而非精準的某一年某一日發生的單一事件。就像我的第一本書《把你的名字曬一曬》，是集結著二〇一四、二〇一五年的我一樣。

從二十三歲出版第一本書至今來到二十七歲，已不像第一次出書那樣有轟轟烈烈的感覺，出第一本書時像是準備要去跑百米，想像著自己可以擁有一路衝到底的爆發力，因為不知這條路是長是短，可能一不小心就在岔路中轉彎；現在的心情反而像剛完成一開始衝刺的八百米耐力賽，接著要調整步伐、讓呼吸節奏穩定。

總喜歡說，這短短的幾年彷彿經歷了一段奇幻旅程。對我而言，書寫本身從來不是最重要的，而是對萬物的好奇促使我往前走、離開原地，偶爾靜靜地觀察、偶爾困惑，文字只是這些過程的載體。所以必須要感謝，人類擁有語言，擁有想像力，讓我能將這些記錄下來——

三十歲以前的種種都是魔幻的，今天可以愛、也可以不愛，明天可以多愁善感、也可以灑脫，對過去可以隨時感到懊悔、又隨時感到驕傲，日子發散地禁得起所有放縱與嘗試。這些與想要的價值觀磨合、挑選適合自己的價值觀的過程，就像被生活硬生生輾過的日子裡，自己的碎片變成了千萬張臉。每天選擇一張自己喜歡的或別人喜歡的，直到失去了原本的五官，直到那些臉再變成另外的、截然不同的千萬張臉。抵抗、順從，再抵抗、再順從。原來當我還在飄搖的悲喜之中，時間已經來回將我踩過，把我踩成另外一個人。

所以，也必須要感謝這幾年間，出版團隊已經從合作夥伴變成知己，無論是經理、編輯、總編輯還是行銷姊姊，越是深陷於人群，越明白眼前所看見的一切、手上所擁有的一切都是合作的結果，任何一種美好都並不僅限於個人，帶著這樣的心意，當風雨來襲，我們也彼此打氣，一同經歷。

謝謝我的家人，尤其妹妹們，讓我有機會更親密地和妳們共享和分擔生活的種種輕重；謝謝父親和母親、大姑姑和小姑姑，希望有一天能讓您們對我的擔心漸漸地變成放心。還要謝謝我的三五好友，創作上的、求學歷程中的，當在自己的領域、自己的生活裡深耕，難免會感到疏遠，而還好，每一次見到你們，聊天說笑或是抱怨煩惱，都仍有熟悉的眼神做我的後盾。

儘管可能感謝長得都相似，但是當想起生命中每一個重要的人的臉龐，在寫每一本書的自序或是後記時我都無法捨下這些感謝的話語。謝謝所有曾經照顧過我的人們，謝謝所有的讀者們，在遠遠的地方陪著我長大，帶我遇見生命中更多的可能，所有的妳們、你們都是我的魔法。

這本書送給這幾年在生活現實、在夢想裡、在自己身上的優點與缺點間打滾掙扎的我自己。許多時候以為傷口藏得住，以為時間過了就是過了，不想面對、不想處理的種種都可以變成永遠的祕密，可惜當不可自拔地感到疼痛、感到快樂時，才知道生活裡沒有祕密、緣分裡沒有祕密，自己身上也藏不了祕密，只是有沒有被發現。所以以此叮嚀自己，發現了就體會，若面對的都是未知，記得保持謙卑。

若感到疲憊或迷惘，就在廚房的角落釀梅子酒，或是在草地上睡著，但記得為生活醒來。

張西

輯一

生活的毛邊

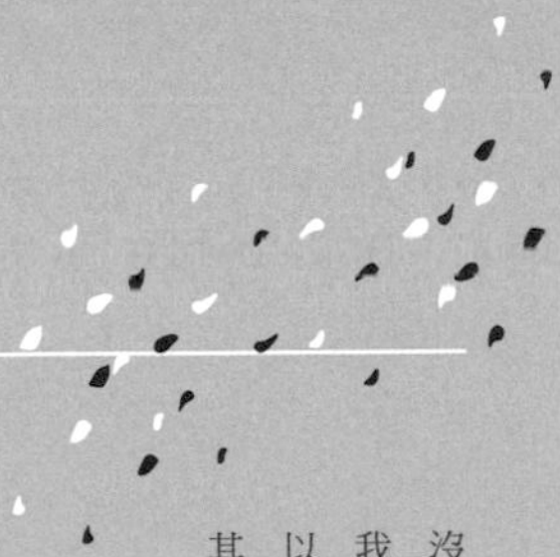

沒有了落地處以後，
我們成了沉默的飛鳥，
以為能叼走整片天空，
其實只是學會墜落無常，聚散有時。

太傻

那天晚上錯過了回家的末班公車，於是只得招計程車。通常我會偷看計程車司機長什麼模樣，知道到底是上了誰的車總是安心一點，雖然面容不能代表一個人，儘管眼見不一定為憑，多數時候還是會偏向先信任眼睛。

是一個戴眼鏡的大叔，圓圓的臉和捲捲的頭髮。他問我，工作都到那麼晚嗎，我笑著說偶爾而已。我低頭捧著手機回覆訊息，他沒有再說話，我才注意到他的車上放著一首熟悉的歌。我想不起歌名，也想不起歌手是誰。我迫切地想要想起來。是老歌，一定是老歌。因為我一併也想起了老時光裡的事。

歌手清晰的咬字讓我方便以歌詞上網搜尋，Google告訴我是巫啟賢，歌名是〈太傻〉。我很害怕有一天我會再也記不得這種感覺。我發現這些記憶正在剝落。

小時候還不懂得聽歌，除了母親買的那種一整套的校園民歌專輯以外，就是父親自己私藏的專輯了。父親的專輯多數只放在他上班的休息室裡，小學六年間，我每天放學都是在那個休息室裡度過。印象中他沒有真的親自放專輯給我聽過，某次下課我閒來無聊，翻著他小小的專輯櫃，大約都是張宇、伍思凱、巫啟賢這幾個名字，我隨便拿了一張，就放進桌上型電腦的主機的CD匣，那張就是巫啟賢。

接下來的日子，我只要一到他的休息室就會拿起那張專輯聽，熟得可以記住每一首歌的順序。父親的休息室裡有一扇大大的窗戶，陽光會從我的右手邊灑進來，通常是四、五點的陽光，常常是這樣聽完整個黃昏，等他下班，載我回家。

在我大約五、六年級的時候，開始出現一個叫做MP3的播放音樂的隨身小機器，我第一次放進這台小機器的就是這些父親愛的歌曲們，還有週末下午母親會在家裡放的校園民歌們。小學六年級的時候蔡依林出了一張銷量高達三十六萬張的專輯《看我七十二變》，班上的同學們一窩蜂地討論，我也請母親替我買一張，那是第一次聽流行歌，在還不知道何謂流行的時候。直到高中和朋友去唱KTV，看著歌曲列表仍會不自覺地往那些老歌的名字望去，才發現自己始終都沒有懂得什麼是流行。若要跟自己活過的時代親近，是不是就得要習於流行，我不知道；如果不喜歡流行，就等於和這個時代脫節了嗎，我不知道。

後來網路再也不用撥接，我開始愛看電視，那些節目間的新歌、網路上的廣告，取代了我走到父親的專輯櫃前挑選專輯的時刻，也取代了那些聽著母親彈吉他、唱著校園民歌的午後。

那些沒有透過意識去鋪陳的時光，輕易地將自己擄獲，它會在很久以後的某個不經意的時刻告訴你，你再也回不去那些時候了，而你也無需回去。時間是單向的路，重複分針與秒針的循環，重複不了人生。

可能只能用這樣的方式去想念父親。在某個陌生的計程車司機的車上，露出他也陌生的表情，禮貌地確認路徑，禮貌地道聲謝謝、晚安。情感終於學會整齊地冒出，想念不會打翻現狀，時光在自己這裡，終於一點一點地跟著肉體一起變老。

偶爾要想起那些明媚的約定，
才敢往未來走去。

當他收起吉他

街頭藝人唱著我熟悉的曲子，於是停下腳步。

好像有點忘了怎麼露出大方的笑容，經過鏡子的時候不敢看。他的身影好像在那個地方，她的傷心撼動不了世界，但她的眼淚輕易地就將他震碎。卻沒有接下去說話和移動，才知道自己看錯了人。喜歡吃的食物也吃不完了，喜歡看的電影，按了兩次暫停。所有的文字檔案裡面都有句子，所有的都沒有辦法完成。每一個角色都在說話，可是我什麼都聽不到。日子的輪廓被畫好了，顏色卻被沒收。不是懲罰也不是惡作劇，就像早上的惡夢，那一個飯局裡面的每一張臉，都分配到了一種以上的討厭。

小說寫到這一句：「她露出好看的笑容，彷彿她生來就是羽毛，永遠被振翅的飛鳥需要。」然後就停了下來。像是對自己認輸。走遍所有能走的路，卻還沒回到家。

聽完最後一首歌的時候，他收起吉他。我甚至看不見人們的表情。像嗆到的魚浮出水面，忽然意識到這有多荒謬——想念是當自己墜入人海，會忘了時間有限。

日子的輪廓被畫好了，
顏色卻被沒收。

因為普通

前幾天晚上十一點多，我和張凱一起沒來由地肚子餓。冰箱裡剩下的食材不多，甜椒、洋蔥和雞胸肉，我把它們攪和在一起，加一點蒜末去炒。洋蔥味道很香，意外地我們都覺得好吃。我想起小時候的半夜，如果肚子餓了父親會煮蛋黃湯給我喝。蛋黃湯顧名思義就是一顆全熟的水煮蛋，剝開後放在開水裡，讓粉粉的蛋黃和開水拌在一起，蛋白是蛋黃湯的餡料。父親會用馬克杯裝著，我一手勾著馬克杯的耳朵，一手拿著小湯匙。這是五歲到十歲之間的事情。

找食材的當下倒沒有想到蛋黃湯，反而弄了一個有點像母親前陣子拿給我們的涼拌雞胸肉的配菜，也是洋蔥、甜椒、雞胸肉，還有些好吃的豆干。壓在太底下的記憶，需要耗費一點心神才能找到，鮮明的總是剛發生的，深深被影響的，又可能是好久好久以前的小事。也可能蛋黃湯已經填不了肚子了，所以被擱在時間的角落裡，偶爾往回看，還不一定看得到。

中午的時候想說，依著那大的食材再煮一次，去買了豆干，發現味道跟母親做的不太一樣，有點沮喪。有時候不太想依賴記憶而活，因為有些記憶總是傷人，可又擺脫不了，只得在生活的細節中找到安置它們的辦法。就算最後仍然找不到，也要假裝已經被安置了，才能讓生活盡可能平整。

也還好這些不重要的瑣碎小事，偶爾能讓自己看見活過的痕跡，這時反而不是透過轟轟烈烈的大事或曾發光的夢想去印證活著的每個意義。而是因為普通，所以無畏，所以沒有必得事事美滿的必要。這樣很好。

旁觀者清

社區的電梯最近似乎在重新整理，打掃或整修什麼的，有時候會看見其中一台顯示不提供載客，有時候會換成另外一台。這幾天有好幾份包裹，於是一天大概會從一樓的物管室和十七樓之間來回兩三次，每每搭電梯時總會聞到一個味道，很熟悉，但想不透在哪裡聞到過。

中午的時候出去買午餐，陽光從電梯旁邊的中庭微微灑進來，那個味道又出現了。我盯著陽光，和它之下的細小的微浮粒子。是球池，我的腦中冒出了畫面，是球池的味道。

小的時候母親曾在一個丘陵的邊上擁有一間幼稚園，沿著小小的上坡會先看到像半山腰一樣的小平地，然後還有一個比較寬敞的上坡，再上去會有一個比較大的平地，大平地上有一個小廣場、一排以三間教室組合成的矮房，和一間小教堂。幼稚園的球池在半山腰的小平地上，每天下午的遊戲時間，小朋友們要排成路隊，一路沿著寬敞的緩坡走下來。

球池旁邊是儲藏室，不知道是不是因為不易通風，兩個空間都是這樣的味道，像沒有用過的皮質包包，不是太好聞。遊戲時間在下午，每次從球池裡面往外看，都會看見球池前面有一棵大樹，陽光會穿過樹葉，和因起風而飛動的落葉一起在地上晃呀晃的。或是下大雨的時候，坐在球池裡都會覺得自己在一艘船裡面，和地板靠得特別近，就覺得也和雨水特別近。

後來儲藏室改成電腦教室，裡面有五、六台電腦，母親說那是要讓大班的小朋友在遊戲時間輪流使用的。以前的電腦是正方體，還有一台大大的長方體主機，沒有網路，也沒有網路這個詞，通常是玩一些已經安裝好的教學軟體。時間明明不快也不慢，恍惚之間卻已經離那樣的午後十幾年遠了。

想起小時候最不喜歡被同班的小朋友知道園長就是我的媽媽，所以常常擺出很臭的臉，我不喜歡關係被暴露，尤其當我被處罰的時候顯得更尷尬。身為女兒，母親給我的教育是從來不在公開場合讓我沒有面子，意思就是，在公開場合，我們要儘量地替別人留面子。但身為老師，她必須轉換身分，於是這總讓我不適應。而最不喜歡的，是別人先以某種既定的眼光看我，妳看，她是園長的女兒欸，竟然不敢拔牙齒。

張凱則和我不同，她會故意在小朋友們面前直接喊母親「媽媽」，她說她是有意識的，她要大家知道，我跟你們不一樣。原來我從小就不喜歡在人群中被注目。時常會覺得，那些被注目是因為身上某些缺陷帶來的目光。妳小時候就這麼沒自信嗎，聊到這些時張凱問我。我不知道，我只知道媽媽一直覺得我很任性，我說。

站在電梯口就想起了這些，那個味道和那樣不完整的陽光彷彿能帶人穿越時空，回到那樣的午後，在母親給的小小的世界裡，以為每一天都是永遠。什麼時候開始改變的呢。我想到自己曾經寫下的：

「從某個年紀開始，我們會擁有一些只屬於自己的祕密，這些祕密會逐漸地暈開變成一個世界，在那個世界裡，父親母親，或是家人，會變成只是一種角色，而不像小時候，家是存放全部的自己的地方，自己只是別人的角色。我不知道這該說是長大還是社會化的起點，可是我知道她開始要在與家人完全密合、貼齊的關係中脫落了。自己的祕密終究會建構出一個世界。沒有人能完全理解和進入。那裡令人自在，也令人孤獨。」

所以成長這件事，一樣是旁觀者清吧。長大也是一種單向交換，以時間換得的，再也沒有辦法還回去，只能繼續交換——學會該拿什麼去犧牲和妥協，再告訴自己不可能事事順遂。那些過程都像迷霧。自己也許已經走出一片森林了，但是未來荒涼得需要以更多的靈魂去栽種。也許是好的事，我們這麼樣渺小的軀殼，當擁有靈魂就能去更遠的地方。

年節小記

1

除夕夜那天我們一起在餐廳吃飯。

飯桌上從很小的時候，印象中就一定會有一盤雞肉，以前是阿婆每年處理的，從養雞、賣雞、殺雞，總會說阿婆有一個自己的小農場，裡面有雞有鵝有鴨。阿婆去世後的第二年，我其實心裡一直想著，是不是就沒有那盤雞肉了，但總還是會在飯桌上看見。有阿婆的年夜飯除了雞肉以外，還會有湯圓和年糕，到現在都沒有再吃到比阿婆煮的還要好吃的客家鹹湯圓。後來的過年是阿婆和阿公的子女們輪流擔當，無論輪到哪一家，都還是會有一盤雞肉，今年也一樣。

上菜的時候乾爹乾媽推著餐桌上的圓盤，示意大家可以開動了。忘了是誰一個沒注意，拿著筷子就夾起雞爪要吃，乾爹馬上出聲阻止，他說過年不要吃雞爪。為什麼，我和張凱和著問。這是以前媽媽說的。乾爹嘴裡的媽媽指的是阿婆。她說過年了，就要吃肉，意思是說平常沒有機會吃肉，現在有機會就要好好地享用，雞爪的肉少，雞脖子的也一樣，那是平常吃的，乾爹補充著。我想要想起阿婆的臉，但是已經不如以前想念她的時候那樣清楚。自己好像太晚才看見她曾經是如何辛苦的農家婦女，是時代下不可抗力的因果也好，百姓的生活細節才真正反映了一個時代最尋常的樣貌與思想。明知道自己和阿婆是不同時代、不同世界的人，卻是在再也看不見她以後才想了解她更多。

回阿公家上香時，看著那小小的桌子，鼻酸了起來。這是一個什麼樣的女人，撐起了這麼樣的一個大家庭呢。能記得的只剩她最常問我的兩句話，一句是「吃飽了嗎」，一句是「客家話會說了嗎」。人們說客家人問吃飽了嗎是因為以前窮，而我知道當阿婆問著我客家話會說了嗎，是因為我們是一家人，那是我們之間僅剩的共同語言。

2

初一和張凱一起寫春聯，時序延遲了，我們自嘲說那就明年再貼。是農曆年前一週，家裡整理到一半我跟她說，以後假日我們找時間繼續練書法吧，好久沒有寫了。她馬上就答應，我甚至還想和她下盤象棋。準備回家的時候她自己提議，那今年年節來寫春聯，無論時序，只是想開開心心地寫。拿出字帖和毛筆，討論著墨條和清水磨出來的墨比現成的墨汁要濃稠好寫，到小時候上書法課的種種趣事。

發現自己還是喜歡隸書，工整的楷書已經不像以前一樣能隨手寫出了，最後沒有寫出幾幅及格的春聯，倒是弄得滿手髒黑，卻很開心。

想起以前有個朋友說，生活像行書，每一個轉折都有它的靈動。這幾年倒覺得自己的生活要像隸書，緩緩慢慢，慢得足夠寫好蠶頭雁尾，緩緩完成一個一個字。一天一天，一年一年。

3

初二回娘家。

知道初二是會見到小姑姑和大姑姑的日子，心情就特別好。那天最開心的是晚餐後和乾媽、小姑姑和大姑姑坐在以前吃年夜飯的廳堂裡聊天，雖然沒有特別聊什麼，有的人說著自己的現況，有的人聽。

小時候從沒想過，有一天也能像個小大人一樣地和自己以前總覺得無法靠近的大人們對坐著聊天，沒有任何壓力和膽怯。我們有相似或相左的價值觀，其實都沒關係，而是我們圍著圈坐在一起，自在地說話。難得細細地了解著自己的家人，難得地覺得以親戚兩個字形容他們太遙遠。是家人吧，是家人。那種親暱並不黏膩，就像幾天前也和嬸嬸坐在沙發邊聊天一樣，出於家人的印象，彼此信任著於是更能偶爾正經地討論嚴肅的事情偶爾笑鬧。

晚一點的時候和大姑姑在阿公家的大客廳說了好久的話，這些年她變了好多，卻又沒有什麼變。忍不住跟她說，大姑姑，妳最令我欽佩的地方，是妳永遠接納新的事物進入妳的生命裡，這是大人最好的榜樣。我們太常以時光給予我們的歷程作為觀看世界和他人的方式，經驗有時候教會自己如何與社會對話，有時候卻使自己疏離了不同類型的人群與好玩新奇的可能，姑姑，妳的包容讓妳的生命始終有著滿滿的能量。我看著五、六十歲的她，笑得仍像年輕的女人一樣漂亮有朝氣。

後來跟張凱和其他妹妹閒聊到，儘管如此，儘管如何地景仰與敬佩一位長輩，也要懂得釐清他對自己的期待和自己對自己的期待，這之間的關鍵是清楚自己要什麼，和自己是為了什麼追逐。

當我們抗拒著被長輩的聲音左右、評判自己，尤其是自己敬重的長輩時，撇除人們常說的為你好到底是為誰好，其實有一種為你好，是真的想要為你好，但是他不在你的世界裡（你也不想要他在裡面），於是他只能用他的世界給他的價值觀替你衡量你的現況，這容易使人感到不舒服，所以才要學會節制地收下他人的意見，但不因此縮減或扭曲真實感受到的他的善意。

4

初三時阿姨們約在我們家拜年。

外公外婆去世以前我們會去苗栗，後來外婆住在我們家，阿姨們就換成是到我們家裡來。再後來每個人的家庭各有變卦，來的人少了，有幾年甚至也沒有來了。前年小阿姨新婚，婚後生下最小的表妹綺綺，阿姨們因為這個小生命又有了聚在一起的理由。

跟阿姨們都不是那麼熟悉，但看到她們仍然很高興，好像回到了好久以前的某一段時光，知道並不一樣，才知道這也是長大的一種，從蜿蜒處看見每個人的變換，於是能明白日子已經不復存在，卻又會永遠繼續下去。

5

這個年節最大的改變是原本不離身的手機這幾天幾乎都躺在包包裡，身上掛著底片相機不斷地按下快門，近半年的練習開始稍微懂得目測需要的光圈與快門，拍起來也安心得多。年假後算一算，竟拍了十二卷。喜歡把重心放在身邊的人身上，喜歡專心地看著大家的表情，拍下每一種他們此刻的樣子，因為知道很久以後都不會一樣了，於是現在的每一次快門都很珍貴。

回到台北後，臨時決定要去剪頭髮。與網路疏離著，認真地把年好好過完。喜歡這樣的年節。很是難得，好喜歡的一次過年。仍然有一些遺憾與傷痕，但是已經進步很多了，我相信是這樣的。

繼續和自己奮鬥吧，年復一年，日復一日，最好的日子不會出現，所以每天都要分配一些時間給快樂，不只新年。

不要做太浪漫的人

不要做太浪漫的人
踩不到地的時候
空氣都會將人割傷

聚散有時

　　多年前還住在巷子裡的小六樓，套房裡有一間貼滿白色磁磚的衛浴、棕色和米色組成的線條樣式的小沙發，還有淺木色的衣櫃與書桌，我買了咖啡色的床單，整個房間有兩面牆都是窗戶。我喜歡那個地方，撇除它是鐵皮屋，夏天時會熱得崩潰以外，我是喜歡那個地方的。噢，還要撇除它在陰暗的小巷子裡，回家的路上常常沒有安全感，比如出門時總能從舊公寓的樓梯間窗戶看見對面的二樓，有一個抽著菸的男人。

　　事實上那裡有很多值得令人數落的缺點，物理上或心理上，不過也許是那些雜亂的缺點，讓每次回到家後的放鬆感都變得鮮明。那時候我覺得自己住在像心臟一樣的地方，血液裡的髒污都會順著城市的流向消失在下水道，每一天的自己醒來擁有的都是新的日子。我邀請許多朋友來過，人們害怕著那陰沉的巷子，讚美著頂樓的陽光。彷彿最好的要走到最後才會遇見，我帶著那樣的心情喜歡著那個地方。只是現在已經喜歡不起來。

但還是記得喜歡的感覺。就像每一次無意間再次聽見住在那裡的夜晚常聽的那幾首歌，都能夠想起來當時是怎麼樣地享受著對於日子裡滿布的不安全感，也想起曾在那裡過夜的他。愛一個人的時候他的眼睛就是落地處，所有的飄散在時間裡都變得無需算計。好荒唐的年華啊，有時候不禁這麼想著，那麼衝動的擁抱與親吻，竟把彼此吻成了一地的碎片，走的時候拾起的那些不知道到底是屬於自己還是對方——可能想找到的是自己的殘餘，卻不小心偷走了對方的快樂。

已經是好多年前的事了，獨自過完的冬天，一如獨自過完的四季是那麼樣地完整。偏偏太過完整，才會找不到適當的缺陷能讓記憶趁著混亂喘幾口氣，還好還有這些音樂，這些當時不經意被寄情的旋律，憑著那時候幾個失眠的夜晚，這些光景都已經藏在裡頭了。偶爾才有機會能以輕薄的姿態回去，不會再掉下眼淚，不會再帶著任何一點點重量醒來。

沒有了落地處以後，我們成了沉默的飛鳥，以為能叼走整片天空，其實只是學會墜落無常，聚散有時。

////

可能想找到的是自己的殘餘，
卻不小心偷走了對方的快樂。

關於遺忘

意外有個開心的晚餐，有段時間沒有見他了，我們都在各自的路上做自己的選擇、經歷自己的煩惱。

晚餐時我忍不住跟他說，前陣子看了一本書，在討論遺忘，書裡是這樣寫的：「關於遺忘，指的是失去連結，而不是失去那些資訊本身。」其實真正在意的也不是資訊本身存在於哪裡，而是失去連結這件事。

他挑了挑眉說，妳的意思是有些事情妳不知不覺就忘了，但當妳重新、不小心遇見某一個人之後，那些感覺又全都回來了嗎。我搖搖頭，那些感覺不一定有回來，我說，而是我發現原來人會無意間地就失去和某個人的連結，那些事件仍在時間裡，卻從此不再存在生活中了，甚至在某些日常的瑣碎時刻，我會忘記那些發生對我而言曾經珍貴和重要。它們沒有不見，但我就是忘記了。他點點頭，沒有特別回應，但是我明白他聽得懂。

這幾天書房的冷氣滴水，電腦泡到水了，記得最後是停在紀錄片《搖搖晃晃的人間》大約二十多分鐘的地方，心心念念想看完它，同時害怕裡面的檔案不見。明天要去拿修好的相機，最近好多東西都有著意外，有些好有些壞，好的就比如今天的晚餐。

把自己的「此刻」共享給另外一個人，
其實也是把一部分的未來共享給他——
日後我們想起今天，
就會想起彼此、想起彼此，
就會想起今天。

再掐死一個祕密

「祕密已經在妳的身上長成蛆，它們穿過以傷口為名的洞，黏著著無數妳無從解釋也不想探究的所謂世界的眼光、他人的看法，自顧自地腐蝕——妳知道，腐蝕和茁壯是一體兩面，腐爛的泥巴能滋養一朵花。就是這個道理。妳活得越無動於衷，越束手無措。每天早晨彷彿都有一個聲音告訴妳，妳不需要說話，保持沉默在這個世界上，才能活得安穩。」

可妳就是因為活得如此安靜，才會如此傷人。

太晚發現

渺小的自己負擔不了太花俏的心思
於是刮呀刮呀刮
自己變得很薄
傷心卻變得很厚

我還是會繼續釀梅子酒

春天嗎，還是冬天，無聲之中就走了。三月底到新家補油漆的晚上，還冷得需要穿薄毛衣，走在街上只有十幾度。今天走在湖水綠的湖邊，已經感到悶熱黏膩。許久沒有長時間休息，這個週末讓自己放了兩天假，幾乎不點開社群平台，窩在床上看漫畫、追追劇，說不上真的放鬆，但膠著感確實有些軟化。

中午在小小的花園裡和小姑姑吃午餐，小姑姑笑起來很好看。像雛鳥長出羽毛，我們的身上也會隨著時間長出參差不齊的愛，有些太銳利，有些太軟弱。有些彼此牴觸。該要愛到什麼地步才算是完整與值得。在花園裡待了整個下午，許多種類的花卉植物，成了不重要的意義——不重要但有其意義。在小姑姑說話的時候，看著她身後的窗戶，外頭的顏色好看的盆栽，大概是那樣的感覺。

回家前小姑姑帶我們繞了許多綠地，她說，假日和家人在這裡耗上一整天也很好。生活很簡單，自己釀的梅子酒、在草地上睡著，我只想要這樣而已，但我也知道，生活並不只是這樣，所以當我背負著其他責任與壓力，我仍會這麼做，婚姻裡總有取捨，而我不會捨下全部的我，所以我會這麼做，我還是會繼續釀梅子酒、草莓酒，繼續擠出空檔來小花園喝下午茶，小姑姑說。

艱難的部分她說的很少，總要我們問起她才會片段片段地說起。記得大姑姑曾跟我說過，小姑姑能夠長大了還是那麼三八得像個女孩，卻又撐起了她的一半的家（另一半是小姑丈，他們共同持著家），那是因為她有自己獨特的人生哲理。坐在小轎車的車廂裡，從後照鏡看著小姑姑的樣子，一次次看懂了大姑姑的意思。

總是好奇許多大人的生活方式，他們咬緊牙根熬過了什麼，他們快樂地笑著的時候，那些不會不見的煩惱，他們都怎麼收拾、又選擇在什麼時候將它剝開。所以喜歡隨意但專心地發問。

小小休息了一會兒，再繼續往前。逐漸掌握自己生活的節奏，不滿意不順心也漸漸都能找到辦法整合在自己身上，以我之名將其反芻。

生活裡總有取捨，
而我不會捨下全部的我。

陌生人

「你變好多。」你說。
「你都沒變呢。」我說。
其實我只是怕我說：「你也變了。」
我們就會是真正的陌生人了。

望幽谷

1

今天去位於基隆八斗子的望幽谷玩耍。有幾年沒有來了。第一次知道這個地方是大約七年前（天啊大一、大二的時候已經是七年前了嗎），有一次張凱跟我說她想去踏青，當時Facebook和Instagram這類的網路社群還沒有這麼發達，我上網看了好幾篇部落格的文章，找到了八斗子的望幽谷。可以看到山也可以看到海，我被這句話吸引。

第一次去的時候是搭火車到基隆，轉公車，再徒步走上去。中間會路過一個小小的半山腰，每次看到都覺得很像黑澤明的電影《夢》裡狐狸娶親的一個小場景。已經被連結起來的印象就不容易刪掉，於是每一次和誰來到這裡，都會這麼複述一次。記憶沒有更鮮明，但也沒有退去。

後來又來了幾次，發現人開始變多了，入口多了賣水和賣香腸的小販，接著甚至闢了一條小路能走到岩岸邊（那裡的岸是岩石），再後來，小路被禁止進入，聽說是太多人在那裡留下垃圾。當時很失落。有一段時間我覺得那裡是自己的祕境，尤其能沿著小路走下去和喜歡的人坐在岩岸上。

偏好這樣的小遠門，當和朋友相約時，不會一股腦兒地想找新的地標、一定要去沒有去過的景點，當然新的地標和景點還是吸引人的，但想說的是重複和連續，重複著於是衍生出了的一種連續性，在連續性裡才看得見變化與起伏，基於想要單純玩耍又想要新鮮感的心理，其實不見得要用一次性的遠門填補，那些場景的變化本身就是一種新鮮。

這裡也不是要斥責一次性的小遠門噢，只是覺得很多時候過於追逐嶄新的事物，就失去了享受舊有事物裡陌生而難以預測的變換的可能，也許只是之於自己的寄情心理，人與空間的連結就是這樣一次次變得迷人而深厚的吧。

2

我站在一塊空地旁邊看海，其實是在偷聽坐在那裡的情侶的對話。目測他們應該都有四、五十歲了，男人將左手緊緊摟著女人的左肩，一直到我離開時都沒有放下。

男人說，我願意和妳以身相許，但是妳不願意。女人說，我只想要有個人陪我，我不想要婚姻。男人說，一個人說的話和她心裡想的並不真的一樣呀，而且婚姻就是我會一輩子都陪著妳的意思。女人說，你好像個小孩子。男人說，妳也像小孩子，一直不願意嫁給我。女人說，我沒有想過我會嫁給一個孩子。男人說，我也沒有想過我會想娶一個孩子。聽著聽著我忽然覺得，愛其實有它純真的本質，那是不會被生命經驗淹沒的。我想到前幾天在旁聽的課堂上老師引用蘇格拉底關於愛的概念——老師說，愛不是人，也不是神，它是精靈，有它的慾望，有它想要依附的對象。

後來回程時我和他分享這個故事，他淡淡地說，那個男人今天晚上回家一定會哭。他一定會非常非常難過，雖然他當時看起來很瀟灑。玩笑話裡藏著的真心話，才是真正的真心話。起先我覺得他們很可愛，後來想想就也一起覺得很傷心，當想要的關係、想要的生活、想要（或是說願意）妥協的事情不一樣時，在兩個人身上明明是一樣的喜歡就會變得微不足道了。

3

我們是開車去的，我跟朋友說，從沒想過會開車來到這裡，每次來都是搭車和走路。有一瞬間我一併想起了每一次走下山的場景，它們緊密地重疊在一起，模糊地令我無法分辨腦海裡任何一個人確切的樣子。

第一次看到好朋友開車或是張凱開車的時候，心裡很衝突，一直覺得開車是大人的事。但妳也是個大人了呀，他說。也對，我吶吶地說。到現在仍很難去清楚地看見自己身為一個大人已經有著什麼樣的輪廓。我們聊了很多關於這些年面對過的生活難題，經濟上的、心理上的。我沒有告訴他在提到的那些「很多時候」裡，自己是很痛苦的，因為當我興起這樣的念頭，我也會一併興起了對於這些事件的感謝。一如曾經在《你走慢了我的時間》的書腰上寫的——如果沒有面對過生活最現實的樣子，怎麼扛得起自己完整的人生。

很多的高談闊論背後，是無數資本的累積與幸運，我相信生活會吃人，也相信人會被柴米油鹽打倒，相信瑣碎的日子會把理想揉散，於是當一個人義正辭嚴地說話，我反而越來越喜歡觀察他沒有說的那些，是如何地給了他這樣的權利。

4

朋友很認真地在進行他的拍攝工作，我在旁邊玩花，手上沾到了一些花粉，結果蜜蜂就一直跟著我們。我想起曾經有個老師說過，其實我們喜歡一個人是喜歡他的氣味，只是我們不容易察覺。我覺得我們喜歡一件事、喜歡一個地方一個空間，也是這樣的吧，也有一致的直覺，當那樣的直覺決定了生活的各個層面，生活就會活成只有我們能夠承擔的它獨有的樣子。像是花粉一樣，一個人吸引到的所有，就組成了他的所有。

見面前我甚至沒有特別打扮

他有一些眼神，直直地，並不冒犯，是那種好久不見，我想好好看看妳，的眼神。我適時地避開，總而言之、言而總之，我們都不能也不會再靠近，所以並不必須，只是好奇。基於疏離而空白的這幾年的好奇。一樣地躲開了他想觸碰臉頰的手，一樣地毫不遮掩對他翻著白眼，但也不一樣了。

其實每一次都記得、每一件事情，只要他問得出口，只要有人還問得出口，我就能說出關於那些問題的答案，也許不標準，但都有答案。

他有了房子、有了車子，甚至可能、也許，接著要有妻子。我什麼都有，可能很多人會覺得這樣很爽，但我不快樂，他說。

因為你沒有選擇權，我說。其實也不是沒有，富二代也可以鑽出另一條路，但他做不到，他的哥哥已經令家人失望，他深怕自己也陷入一樣的窘境，於是他聽從、聽從、再聽從。他父親接著給了他一套房、一台車，一份高薪的工作。

我驚訝地看著他，後來發現這樣的驚訝並不公平，也許他從沒有以此為樂。最近我也在重新布置我住的地方，我說，我都去IKEA看傢俱。他露出笑容，我也是欸，他說，我給你看我家的樣子。他點開手機裡的照片，然後我看到了那張我因為價錢而重複略過無數次的工作桌。

你知道這張桌子多少錢嗎，我問。不知道，他搖搖頭。要八、九千塊，而且這只是單人使用的，我的語氣上揚，他再一次感覺到我的震驚。我沒有說出口，我的手機裡，那些千挑萬選、想像了多少次才決定要購入的傢俱列表，是我準備了多久、走了多久才有能力去擁有的。無論是經濟上還是其他，比如他聽到我會自己刷油漆的時候以為我是第一次刷覺得好玩，但其實為了省錢又想要裝飾房間，我已經自己刷過無數次油漆。那麼多年沒見，都不一樣了。

他說，我的人生被安排好了，和妳不一樣，妳很自由。我沒有辦法說出，但你的生活從不需要擔心，因為我發現儘管如此，我要的還是此刻我擁有的、我原本的仍布滿傷口與煩惱的人生。太多話已經搭不上，沒有想過這是我們二十五歲的樣子。道別後他要去牽他的名牌新車，我要回家帶小貓去打預防針，無論有沒有別過這個人，原來早就是完全不一樣的人生。

他笑起來的樣子沒有變，但是我已經不喜歡了。

這是最大的不一樣吧。

父親帶來的禮物

每次父親推著拖車，上面大包小包地給我們送食物、衣物過來，就覺得陌生又熟悉。他會很認真地盯著妳的眼睛，告訴妳那塊生牛肉應該先煎再烤、那塊豬排可以煮排骨湯、那包糙米煮前要泡兩個小時的水。他是一個渴望被需要的父親。每次只是用一個小小的理由見他，他總會帶來一拖車的東西。冰箱被塞得滿滿的，還有兩袋檸檬和兩罐蜂蜜，夏天熱，妳們可以泡檸檬蜂蜜水來喝，他說。

那這幾箱是什麼，張凱指著凌亂的客廳裡的其中兩個箱子，看起來是雜物。是他以前拍的我們，有影片有照片，影片都燒錄在光碟裡了，照片都放在相本裡，我說，妳的電腦能放光碟嗎。不能，張凱說，現在誰的電腦還可以放光碟啊。她的意思是，我們已經不使用光碟了——我們曾經習慣它，現在並不。

我沒有繼續說話，只是拿出相冊。幾個小時前父親站在我們的小客廳，甚至連鞋子都沒有脫，他打開箱子，一一翻出相冊和燒錄好的光碟，他說，這都是我以前拍的妳們啊，都整理過了，不要不小心當垃圾丟掉了。幾個小時後我轉述給張凱，也許他已經不能留了，但是他不想丟。

當記憶附著在有形的物體上，那件物體就有了它本身之外的巨大意義，有時候承受是甜蜜的，有時候承受是排斥的，有時候承受是遺憾的，而有時候承受就只是承受，別無過多的其他，它讓我們明白曾經有怎麼樣的時光經過自己，那些物件屬於我們也屬於父親，就像雨水屬於大地也屬於海洋。

終於有一天，父親住進了怡潮的房子，而我們活在龜裂的大地上，才恍然明白生命裡無數次的分歧，是之於傷口的縫補與道別，道別後的日子，僅能以過去的舊時光拼貼成小小的重疊區塊，並以此懷念，因為有太多的縫補無濟於事。

可能某一天，我們會心血來潮買外接的光碟機，看看裡面有什麼。

想起小時候母親和父親都有燒光碟的習慣，他們會一起整理那些與孩子們相處的時刻，儘管照片常常過曝或感光不足，不知道自己是不是也被影響著，慣於以日記去梳理淤塞的生活，必須要寫點什麼當作紀錄才會覺得自己有確實活過。終於看見那樣的差異，一如一個朋友曾說的，時代死了，但人還活著，我們以不一樣的方式努力地將記憶黏著於某些物件之上，光碟、照片、文字，那是時代變遷的痕跡，而最迷人的是，無論世界如何變換，我們都有這樣的心意——熱切地愛著自己活過的日子，尤其當可以在裡面找到彼此。

小偷家族

和李靜一起看了《小偷家族》，仍然好喜歡是枝裕和。大概是活得足夠長的人生，才會避不開無情、無助、夾縫中無可奈何的自己，同時那些溫暖的事情也都是真的。是可惜嗎，好像也不是。也不是可憐。但也沒有可愛，生命最複雜的地方並不可愛。我們會成為什麼樣的人呢，以前總是這樣想，但現在好像更常偏向，啊，原來我是這樣的人。

等了很久才等到這群飛鳥。
有時候覺得自己也許真能明白
氣候毀滅的他們的歸途時程，
時代匍匐地轉動，
偶爾自己也會忘了要南遷。

薛定諤的貓

去聽了房東的貓在台大體育館的演唱會，神祕嘉賓是吳克群。

前年也去聽了房東的貓，那時約了編輯一同前往，聽完後我們坐在Legacy外面的木板椅上聊了好久，聊以後自己想做的事，聊聽歌當下想到的事。比如學電視裡面的偶像劇，在昏暗的場景裡尋找某個人的背影，又或是未來的自己想要寫出如何如何的故事。那天站在台下，沒有特別想起什麼事，只是想一個人靜靜聽歌。

房東的貓與吳克群合唱了當年紅透透的〈為你寫詩〉，我才從稀疏的記憶裡想起一點什麼。某年和他去了剛蓋好沒多久的北投圖書館，我們坐在圖書館後面的小綠地，那塊小綠地上有幾棵樹，我們隨意散著步，他心血來潮地說，噢之前不是有首很紅的歌，我納悶地看著他，然後他鬆開牽著我的手唱起：「為你寫詩，為你靜止，為你做不可能的事。」我露出笑容。接著他忽然跑了起來，在那些小樹間穿梭，一邊跑一邊唱。我拿出手機錄著他的樣子，我們從明亮的天色玩到夕陽落下，才搭著車晃呀晃地回到市區的小套房裡。忘記那晚我們重複播放著影片多少次，他的歌聲忽遠忽近，我的笑聲蓋過了所有的環境雜音。

吳克群的下一首歌不是他自己的歌，也不是翻唱。他說在聽完所有的房東的貓的歌之後，他有感而發寫下了〈薛定諤的貓〉。歌詞的故事大概是在說，房東養了一隻貓，但是住在那個小房間裡的他隔著門想聽見貓咪的叫聲卻總是聽不到，他實在不能確定房東是否真的有養貓。當他逐漸長大，搬離了那個家，在許多生活的膠著處，或是感到被現實所壓迫、感到困頓的時刻，他回想起房東養的那隻貓，才發現自己確實聽過，而貓咪的叫聲總會特別響亮。許多年後，他才確信房東真的有養一隻貓。

他用他好聽的聲音問著大家，知不知道房東代表的是什麼，貓代表的又是什麼。後來吳克群說，房東是時間，貓是青春。人們在青春的當下，不會聽見青春的聲響，直到我們搬離了那段日子，也許開始有了生活壓力，有了房貸、有了妻子孩子，我們才會聽見青春的叫喊聲，而那些時候，我們已經不住在原來的那個小房間裡了。

站在台下的我想再想起一次關於我記憶中〈為你寫詩〉的場景，還有我們待過的那間小套房，卻已經想不太起來。

可能這些並沒有被改變，記憶恆常地在那裡，是我在生活的礁石面前，被撞傷的浪花模糊了眼睛，於是被推得越來越遠、越來越遠，遠到終於看清，當時離開的以為是天是地的某一片海岸，其實只是一個微不足道的島嶼，在海洋與國度的測量上，甚至沒有名字也沒有清楚的標記。

回到家已經十二點多，軟著身子鑽進被窩。也許我真的已經遠去，十幾歲末、二十初歲的樣態，當時炙熱的感受已經消失，只記得「我有過這種感覺」，但是到底是什麼樣的感覺——無論是什麼樣的感覺，它都沒有跟上來。他也沒有。

偶爾羨慕飛鳥

偶爾羨慕飛鳥
以前獵人的槍朝著天空
現在沒有獵人了
人們的言語朝著彼此
每一句都致命
偶爾羨慕飛鳥聽不到

午後的廣播聲

曾經寫過這樣的句子，大概是在說自己對於午後的便利商店沒有抵抗力，尤其廣播的聲音。

中午出去買咖啡，不是在便利商店裡，但也有廣播的聲音，甚至經過旁邊的飲料店也有。男人把食材一箱一箱從卡車上搬進飲料店，飲料店的女店員一一清點著。男人說這是這個禮拜的貨量，他下週還會再來。女店員以確認的口吻說道，今天星期四。或是週末，我也可以來找妳，男人露出靦腆的笑容，明明不是玩笑卻又害怕女店員太認真以待。星期六嗎，女店員很冷靜，還是星期日，我星期六不在。開玩笑的啦，男人的笑容仍然靦腆，最後只聽見他說，我幹嘛沒事一直來，下週四再來啦。

旁邊的咖啡店裡剛好有廣播的聲音，於是我停在那裡買咖啡。過馬路的時候太陽很大，路口沒有樹蔭，整條街都像過度曝光的照片，撫過的風恰到好處。我忽然覺得自己最愛的時刻不是半夜，而是午後。那會讓我想起太多的事情。比如為什麼喜歡待在有廣播的店裡。

母親當幼稚園園長的時候，寒暑假的週一到週五要上班以外，週末母親時常帶著我回幼稚園去做她的教學教材，也就是每逢寒暑假，母親幾乎一整週都沒有休息。我們會在中班的教室裡面剪貼和畫畫，小小的我能幫上忙的事情不多，頂多剪一些母親護貝好的教學紙卡，然後趁著休息時間放錄影帶來看。最害怕的卡通是《獅子王》，最喜歡的卡通已經忘記了。小時候恐懼的感覺會被記得的最清楚。

休息過後的時間裡，母親會在教室裡放廣播，就好像要延續卡通的聲音，從有著吵鬧的聲音忽然變得安靜總令人不習慣。這時候一天就像開始了第二次，母親偶爾會去買休閒小站的飲料，偶爾自己煮綠豆湯或愛玉，夏天的話，我們會看著外面烈烈的太陽，一起窩在開著冷氣的教室裡。不知道是不是從那時候開始喜歡上廣播的。

小學之後的上學途中和放學途中，父親也會在車上放廣播。廣播內容我幾乎沒有印象，只記得每天早上都會聽到一首英文老歌，是一個滄桑的老男人的聲音，聽起來像是爺爺，把那首歌唱得很乾淨。

不知道有一天廣播會不會消失，想起自己之前小小的廣播直播，近日演講時遇到讀者總會說：「張西你的聲音就跟廣播裡面的一模一樣耶。」（因為是本人啊可愛的小傻瓜）。莫名地自己好像就也成為了那種自己喜歡的午後的聲音，日子就是命運與喜好的疊加吧。

慢慢走回家的路上腦袋裡的句子又嚕嚕嚕嚕冒了出來，比如太好的天氣會讓人相信今天值得放縱一下，比如午後的小日子裡有著莫大的令人放鬆的孤獨等著被享受。又比如，生活太近，遠方太遠，只好把記憶再愛一遍。

小帆布包

從成為自由工作者後，開始有了一個以前沒有的記帳習慣，為了確保自己下一個月還能溫飽，時不時也會將多賺的錢存入一個小戶頭，當作零用或急用。前些日子不知道哪裡來的衝動，忽然很不慣於自己現在使用的包包們，就是想要有一個新包包。自己知道其實也是心境上的變動，有一陣子喜歡後背包，有一陣子喜歡側邊肩背包，有一陣子喜歡小包包。於是我看了看自己的那個小戶頭，發現有多餘的款項可以使用，就開始給自己挑包包。

精挑細選後買了一個這輩子還沒買過這麼貴的純手工包，原有的包包價位平均都不超過一千塊，至多一千多一點點，不過單這個包包就花了幾千塊。當作給自己的禮物吧，我這樣想著。

它很漂亮，和我的衣著也都能夠搭配得起來，只是稍微重了一點，若那天帶電腦又帶書出門，肩膀會稍微有些負荷不來，除此之外其他各個層面幾乎都無從挑剔。我背了好幾次，心情隨著它變得特別好。而這陣子因為要大量寫作和唸書的關係，工作空間不再侷限於家裡的小書房，有時候會轉換到社區的閱覽室或樓下的咖啡廳。某次要下樓時，我看見掛包包的掛鉤上有一個我從來沒用過的朋友送的帆布包，我心血來潮將原本要使用的新包包換成帆布包。奇妙的是，從此我只要要下樓工作，背的都是那個帆布包。

這件事持續了兩三個禮拜，這幾個禮拜中我總是開玩笑地跟張凱說，也許自己沒有富貴命，一個零元的包包就打發我了，我還用得很開心。張凱說，妳不可以一直認為那個包包是零元的，那是好朋友的心意，心意無價。確實，我的心底也是知道的，不過令我感到莫名彆扭的比較偏向是它們的價格，而非價值（這裡暫時不討論太多價格與價值的差異）。我總想著，終於，有能力給自己買一個以前根本不敢想、看都不會看一眼的包包，但那原來好像並不真的重要——有能力與是否要以執行什麼去證明自己的能力。雖然起初的我也不是為了要證明才去購買。

我想起前陣子和一個長輩聊天，她說，她不喜歡有一種價值觀是「女人一定要有一個名牌包」，她是個有能力把自己打理好、並且正在過著她努力掙得的生活的女人。她一直很困惑，身為一個女人，這樣的價值觀是必要的嗎，於是她在幾個月前到美國出差時，買下了生命中第一個要價數十萬的名牌包，她說，我已經四十多歲了，我想著這樣的我應該可以襯得起這樣的包包了吧，但是當那個包裹送到我家，從紙盒子上的LOGO我就知道是它，我卻沒有想要像得到禮物一樣地迅速打開它的衝動，那天出門我背的是在日本用不到一千塊買下的一個帆布包。

「如果名牌是一種裝飾，或是一種能力的印證，或是，渴求被認同或被看的起嗎，我不知道，我只知道那天我學到了一件事，我並不需要那些外在的貼著別人給的標籤的東西來粉飾我。一個人喜歡一個東西的材質、樣式、功能性，和喜歡那個東西帶來的形象、所謂社經地位而擁有它，是完全不同的。我覺得女人一定要的不是一個名牌包，而是一定要知道自己為什麼要擁有這個包包。」她笑著說：「我花了幾十萬學到這件事，想想也是值得的。」

就像是知道自己為什麼要做這件事、為什麼要這樣選擇一樣吧。釐清自己的驅動力並不俗氣，就算獲得的是俗氣的原因，真正俗氣的是拿優雅的言語包裝自己不願意坦然面對的心思。就像對於標籤的追逐並無可厚非，但是要先面對自己內心的無數個為什麼要、為什麼不要，也許裡面包含了很多痛苦的缺口，但也只有自己的誠實能真正給予填補。不然只會越追逐越空洞，擁有的越多就和自我變得越疏離。

後來我把那個純手工包掛到張凱的包包架上，我說這讓妳背吧，我大概有一陣子都不會用到。我知道自己追求的不是它的牌子（我在買的時候才知道有這個牌子），也不是它帶來的對自我詮釋的樣態，當初就只是覺得，我想要買一個包，這包很好看，符合我的需求、我日常的穿搭，而我買得起，我便買下它。抽離於這個脈絡時，我有些欣慰自己並沒有脫離既有的對於物慾的原則。仔細想想可能在溫飽之外，買到的都是課題，付出的都是學習。

看著又被我帶出來的小帆布包，就想單純地把這些記錄下來。沒有想要批判名牌包的追逐與之於些許人們的必要，我相信在很多場合與生活圈裡，標籤有很大程度的重要性甚至是必要性，我想僅僅以自己現在所能想的角度寫下這些，因為在很久以後，說不定我的想法就不同了（笑）。

烈焰

時間有時候是烈焰，當想起一件事情但發現自己已經回不到那時候、那一刻竟是如此短暫時，會感覺到一股哀傷——原來自己只是時間的倖存者，其他的什麼、一切都被燒毀了。

陽光正好，而那一天已經不復存在。感謝與感慨有時候是混在一起的，切割不開來，才會莫名地鼻酸想哭。還好雖然消逝的是珍貴的，但留下來的也是珍貴的。

陽光正好，
而那一天已經不復存在。

因為他結婚了

一瞬間真的覺得平行時空是存在的，在那裡的我們永遠十七歲，坐在河堤一起吃便當看夕陽，就覺得未來全部都被握在手裡了，就覺得風起時吹過臉頰的髮絲，只要適時地撥開，便能看清楚命運。都很簡單的，愛著愛著就永遠。都是這樣相信過的，明年我們一起上大學，以後我們一起生活，欸，不要忘了，很多年以後我們還要一起變老。

忽然才看見了愛的其中一種我未曾見過的樣態——我們都不愛了，但那時候的我們仍在那裡愛著彼此。生命是寬的是廣的，但是記憶有限，許多時候一回頭，還是看得見你啊。

相信你會幸福的。

消耗

有時候覺得活著就是一種消耗，消耗時間，消耗身體，消耗精神，消耗喜歡，消耗期待。消耗金錢也消耗信任，然後消耗煩惱和痛楚。靈魂變得越來越輕，日子變得越來越細，再也沒有路可走，再也沒有話可說。

「就連並肩坐著的時候也不再像是陪伴，而是消耗。」

我有一點忘了什麼是照顧

她的母親問我：「妳還住在家裡吧，家裡有爸爸媽媽能夠照顧妳，比較能安心工作。」我露出自然的笑容：「沒有，我和妹妹在外面租房子。」她的母親愣了愣：「妳住在外面了？」我點點頭，沒有額外的尷尬，笑容仍在嘴角。

要離開的時候她的母親送我們到門口，她們說了些日常的話，下次什麼時候回來、有想吃什麼嗎、台北的房子想一下啦該換了、不要一直熬夜、太累就換工作沒關係。等她穿好鞋子，她的母親伸出雙手，她也伸出雙手，她們給彼此一個擁抱，那畫面在昏黃的天色裡恰到好處。她的母親淺淺地說：「這是我們的例行公事，妳要不要也來一個？」然後看向我，伸出雙手。「好呀。」我說，然後我也伸出雙手。我們自然地擁抱著。

她的父親已經在車上等我們，上車後她的父親裝作譴責的口吻說道：「今天怎麼沒有跟媽媽抱抱。」她笑著說：「有喔，是你沒看到。」她的父親露出笑容，轉動方向盤，車子緩慢地往前。其實我沒有看到她的父親是否有露出笑容，但我相信他有。車子緩慢地轉彎，她將車窗打開，往後方望去，她的母親沿著小路走向巷口。掰掰、掰掰，她說。她的母親站在那裡，也露出掰掰、掰掰的嘴型。後來她說，小時候去上學，母親說她總是說完再見就跑向同學，幾乎不會回頭。

「爸爸媽媽其實會在意，因為他們會看著我們到最後，如果妳願意回頭一次，他們就會很開心了。」她說這句話的時候沒有語重心長的口吻。她知道這雖然只是小事，但是值得放在心上。愛已經浸入日常細節。

抵達車站的時候，天色已經完全暗下來，遠處的街燈亮起，我走在她的右側，看不太清楚她的臉，我想她可能也看不清楚我的，我直視前方，忽然有一股想哭的感覺。「我知道了，」我說：「難怪妳這麼溫暖，因為妳的家人也好溫暖。」大概已經泛起眼淚了吧，還好夜色保護了我的表情。

無論是一起吃飯的餐桌、餐後坐在餐廳看電影的時光，無論是我們出去了哪裡，她的母親問的那句簡單的，要不要回來吃要說一聲喔。這都是很簡單的事，但是當我想起來、想試著扣上我的母親或我的父親的臉的時候，眼前卻感到模糊。

我發現自己已經有點忘了，以前我如果不回家吃飯、沒有事先跟父親說，父親是會生氣的，久了父親就不煮了，父親不知道該怎麼告訴我們，晚餐也想大家一起吃。以前的我不知道，為什麼晚餐要一起吃。我也有點忘了，被母親和父親照顧的感覺是什麼，我有沒有做過什麼被他們罵呢，或是有沒有人說了什麼讓大家笑得合不攏嘴，我想是有的，可是所有的細節我都想不起來。連感覺都想不起來了。

我有點忘了什麼是照顧。我有點忘了，我們是怎麼從一家六口，走成現在當我們談起家這個字，會先想起自己身上的疤痕而不是家人。會先想起過去的時光而不是此刻。我有點忘了，我們從什麼時候開始，不再是彼此照顧的關係。什麼是照顧呢。出錢、出力、關心、開心。照顧是什麼呢。

很久沒有到朋友家作客了，或是，常常到的並不是朋友家，而是他們在外租的房子，從那裡可以看見他們許多的自我，從某個、遙遠的空間裡、深厚的情感裡延伸出來的自我。家是什麼呢。

「我忽然有點慚愧。」搭上客運後我告訴她：「我總跟別人說，我們要有自己的生活、父母和我們的人生是各自獨立的。當我說出，人生是自己的，那是因為我和我的父親與母親捨棄了共同的生活。因為那樣的我，才說了那樣的話，但我並不能給予別人也應該要捨棄的建議。」生活是共享的，但人生是自己的，這句話原來不只在感情裡，在家庭裡也是一個重要課題。「家家有本難念的經，於是才有所羈絆、變成每個人生活裡的幸福和煩惱。應該是這樣才對，不是漠然地只想到自己的人生。」我說：「所以我覺得慚愧。」

不過還好我們已經過了只停留在感慨的年紀，我看了她一眼，她伸出右手拍了拍我的肩。沒事的，我說，難免會有這種心情，沒事的。每一種和平、每一種破碎都很珍貴，不是必須要感謝的那種珍貴，經驗有時候會讓一個人變得膽怯狹隘，而有時候會讓人發現自己忽視的、偏頗的，尤其是分享的時候。可能這種分享就是一種照顧了吧。謝謝你們的照顧，說出這句話的時候，是真心地在感謝關於照顧這件事。因為時間沒有盡頭，所以活著的人才需要活得用心、變成彼此的連結，在有限的生命裡，好好走這難得的一段。

回到現在住的地方，暮暮聽到開門的聲音跑了出來，我一打開門就看見他坐在那裡等我（實在像一隻披著貓皮的狗）。喊了他的名字，他喵嗚地叫了一聲，身子一下子就放鬆了下來。洗完澡後躺在床上，看著暮暮，再看著其他房門，知道妹妹們都在裡面。我們正在學著彼此照顧。

曾經寫過：「以前喜歡到別人家裡作客，因為會看見我家也有的。後來仍喜歡到別人家裡作客，因為會看見自己家裡沒有的。」現在則是逐漸看明白了愛的百態、家的百態。擁有的與沒有的，都不再如想像中絕對。

不應該是這樣的

昨天做了一個稱不上是惡夢，但在整個夢裡都備感壓力且覺得恐懼。

夢到自己在一個小鎮，小鎮出現了兇殺案，接著人們四處竄逃。我也與同行的友人趕緊逃離小鎮。不過那個兇手追了上來，起初我以為他是在追別人，後來發現我是他的目標，但是不知道為什麼。一路上有很多人幫助我，我穿過森林、其他的一個又一個的小村落，搭上長途火車、躲在地下室。但只要出現下雨的聲音，我就知道他又追上來了，永遠逃不過。我不斷地往好天氣的地方去，卻不斷地為別人帶來壞天氣。一路上，他繼續殘殺著無辜的人們，而且越來越兇暴。直到有一天，他告訴大家，我們是一對戀人，他只是希望能找到我，帶我回家。

我們在一個咖啡廳平靜地對視，我知道再也逃不了了。那間咖啡廳像極了在德國旅德斯海姆（Rüdesheim）的咖啡廳，外面有許多人，巷子小小的，天氣很好，充滿笑聲，旁邊是葡萄園。他問我，為什麼逃。我問他，為什麼追。他說，因為妳不肯停下來聽我說。我說，因為你一直傷害別人。我們似乎無法對到一個頻率上說話。他又說，妳最後是躲在哪呢，怎麼不回家。我說，我一直都在家裡（因為我知道他一直在找我沒有去檢查過我家，於是撒了謊），我甚至露出笑容逗著他說，想不到吧，最危險的地方最安全。然後他也笑了，是那種聽出了妳的謊言但不打算拆穿的笑容。

最後的畫面回到我在夢裡的家，格局與陳設我都忘記了，只記得他和我一起躺在床上。他說，其實他要的只是這一刻而已，不知道為什麼這麼難。那一刻，我確實感覺得到他愛我。我閉上眼睛，跟他說，睡吧，你累了。他伸出手抱了抱我，我覺得不舒服，那是殺死過那麼多人的手。他說，嗯，我不走了。我沒有感覺到幸福，也沒有感覺到自己愛他，只覺得鬆了一口氣，沒有人會再被傷害。

愛不應該是這樣的。我沒有說出口，夢裡的我彷彿知道，若我不假裝愛他，下一個被殺死的人就是我。就像是平常裡當自己對某件事不滿，正想要喊出「不應該是這樣的」的時候，同時會知道，有另外一股力量會因為這樣的抗拒而傷害自己。

然後我就醒來了。醒來後是雨天，我仍有些心悸，因為他總能在雨天找到我，而那種找到，令人緊張，甚至會有一種想要永遠躲起來的念頭。

是我們逐漸變得堅強

坐在小沙發上和她說話，覺得自在的最根本原因，是知道我們都不需要以上對下的安慰，彼此需要的是平等對視的理解。去過很遠、看似很燦爛瑰麗的地方的人，有時候忌諱太把那個地方當作生命的徽章，誤以為抵達了就高人一等、就能夠同理別人所有的煩惱。啊，那就和無臉男一樣了呀。

深刻的感受或是至高的榮耀，都不要當作展現成熟的權利的籌碼，不喜歡高傲的嘴臉，自己便不要自以為足夠宏觀地去安慰他人。歲月的累積讓我們更寬厚而非更自我。這是最根本的原因吧，於是我們還能像以前一樣簡單地坐在一起，討論伴侶凌亂的衣櫃、貼心的接送。

生活的事實渺小又鼓譟，不過是感覺到永恆的時候看見自己其實在它之外，不過是快樂的時候會預先傷心，傷心的時候卻不知道如何重新快樂起來。還好看著她的時候默默地也一起看見了，感情始終都是脆弱的，是我們逐漸變得堅強。

生活雜記之一

1

這幾週掛心的事情林林總總一隻手指頭數不完。好像每天都有新的煩惱在推進，唯一的休息是週末的幾個小時，很像多年前在重慶南路上重考補習的時候，每天六點起床出門、十一點下課回家睡覺，也不一定真的有在認真唸書，但就是成功地在物理上逃避了某些事。所有美好的想像都像是自欺，那些快樂的笑聲都不再好聽。

每一晚都含著眼淚睡去，醒來的時候眼淚還乾不了。與失戀不一樣，沒有重擊、沒有痛心疾首，但也與失戀一樣，每一天都是破碎的，找不到拼湊的方法，甚至知道找到了方法也無法將自己重新黏著。不想說的話都在枕頭裡，或被窩裡。不想說，因為，沒有需要解釋的事情。解釋了也不會被理解。

2

最近起床會忘記吃飯就出門，忘記吃晚餐就回家，作息被失眠打亂，生活的出口剩下那些不著邊際的書目。不喜歡自己的地方有太多，越不喜歡自己，越對於別人的喜歡感到迷惑，如此一個坑坑疤疤的人，走得那麼踉蹌，怎麼會有資格被這麼多善意相待。

他說，也許妳對安全感的渴望太巨大，然後另一個他說，可能是因為每當妳回過頭，都沒有可以留下來的地方。有時候基於別人對自己的了解，於是更怕坦承這些情緒，它們赤裸地令自己難受，改變不了，也無法共處。以為習慣了的啊、以為都已經習慣了，但還是會掉眼淚。生命的樣子何其難堪，只有自己能抵抗，卻又隨時可以被命運毀滅。

「快樂來得那麼簡單，卻走得那麼複雜。」好像那時候寫他。寫那間和室破掉的紙窗。寫那個家。那是多麼大的一個破洞，我們從此覺得冷，無論有沒有起風。

3

昨晚她在電話裡說，二〇〇八年，阿婆要走的時候不知道忽然怎麼了，把大家都趕出房門，只留她在房裡。阿婆一直哭，握著她的手不斷地說，妳能不能幫我最後一個忙，幫我把阿文的女兒照顧好，妳一定要把她們照顧好。是在生命逝去前看見了未來了嗎，她笑著說，我卻哭了出來。多麼苦澀的未來，無從扭轉與憾恨，只能提醒自己要感恩，只能提醒自己，傷口不會好，也要活下去。那就是不敢談愛的原因吧，因為愛的遺產從來不是幸福快樂，而是千瘡百孔的靈魂。

那就是不能談愛的原因。必須拒絕所有的想像，才能讓自己看起來笑得並不費力。最痛苦的就是愛已經死了，自己卻還活著。

生活雜記之二

1

這陣子常常想起幾年前失戀時，在網路上赤裸地將自己的痛苦鋪排開來，認為那是一種誠實，卻忽略了誠實的反面有時候是魯莽。於是當時將近有半年的演講中，被讀者問及當時的心境，現在想來理所當然的說法，大多都已經不再被此刻的自己苟同。

寫者是否誠實，與它是否要向接收者將事情鉅細彌遺地交代，這是兩回事。意識到自己有這樣的想法和轉變後（無論是透過自己、讀者或親朋好友得知），我變得更小心卻也更任性。在心裡畫出了界線：誠實的前提是要嚴謹地保護故事內容裡的所有角色，除此之外的所有聲音都不屬於我。感受到他人的眼光與自己的眼光相互矛盾然後競爭然後抗衡的過程是痛苦的，我們從經驗裡獲得的複雜眼光，會一併帶著我們去看見更雜的世界，甚至與世界產生的關係再也無法單純地羅列和表達。

想著晚餐時和妹妹一起玩了朋友傳給我的九型人格分析，發現有很多選項和以前玩的時候所勾選的已經不相同，原來我已經改變了啊。二十初歲的時候想像著二十五、二十六歲的自己，原來長成了這個樣子嗎。尤其當我半開玩地和妹妹說，我覺得感情變得難了，她喝了一口鮮奶茶，然後懵懂地說：「嗯，但我還不知道什麼是感情裡的難。」

我看著她，大概要逐漸遠離年輕，才會發現自己從來沒有真正、好好地與年輕相處過。又或是那種帶著無數困惑、帶著反正我的時間還有很多的念頭，就是一種很足夠的相處，只是自己想要的永遠比已經擁有的還要多更多。

2

現在固定會和曼莎一起去學校旁聽。曼莎跟我分享這些課程的時候我起初只是想說，多吸收一點東西也不錯，於是就去了，沒想到後來一週比一週還要期待上課。

週二時的課堂進度來到社會學三大思想家之一的韋伯（Max Weber），老師分享了關於韋伯提出的價值取捨。中間下課時我忍不住轉頭跟曼莎說，這和前幾週我和朋友聊到的東西有些相似（但還是不一樣的噢）。朋友詢問我在某件事情上他該做什麼樣的選擇，是要選擇自己要的還是排除自己不要的，當時我和朋友說，每一個選項都會是你要的（你不要的根本不會成為選項啊），而每一個你要的選擇後面都會有你所不想要的成本，所以其實選擇就是如此：我們在選的是我們願意犧牲和妥協、我們願意捨去的。

然後今天上到西塞羅的《論友誼》。聽著聽著就覺得，啊，以前的自己上課實在是太不認真。想到昨天晚餐時朋友問我，怎麼會想要去上課，我說我覺得自己感性太久了，很多事情只有熱情是不夠的，一股腦兒地狂奔，很容易失控和失衡，我想要的已經不是看更多的（文學類的偏向感性的）書目、不是看更多的電影，也不是旅行，我想要系統性的知識進入我的生活，我想要被更多的理性支撐起來。就像蔡琰和臧國仁老師在新聞學研究期刊第一百三十一期中寫下的：「唯有理性與感性並重才有可能將日常生活的感性提升到智性或靈性的想像層次，也才能轉換為文化或經濟產業的理性層次。」

在諸多他人對我或我對自己的印象中，自己都是偏向感性的人，讓感性充盈著生活的空隙，其實不無不可，只是我不想讓感性成為我的工作（如果書寫算是我的工作的話），我不想成為感性的寫者，我想成為快樂的寫者。而我知道我的快樂和平靜是來自感性與理性的平衡。

好開心能夠靠這些思想和論述這麼近，能夠在懂得處理生活的基礎和現實層面（比如房租水電等等等）之後，再次回到知識的懷抱。好喜歡被混亂搖晃再靠著自己的經驗與解釋去站穩腳步。這幾次聽課的時候不斷地有種感覺，人們被歷史淹沒，當陷於時光的長河我們會因為愛而浮現和鮮明。可能我還是放不掉自己的感性吧，無法過於學理地解讀生活的一切，一窺更深厚的來自先人們留下的訊息之後，我還是想回到房間抱我的貓，想親近我的朋友，想獨自窩在角落寫日記。在生活面前我還是想要留下很多的浪漫。

不知道自己到底會成為什麼樣的人。再一次想到S曾經告訴過我的：「當妳對一件事情感到困惑，就去尋找答案，並把這個過程記錄下來，那就會變成妳的生活態度。」謝謝兩年前的這句話把我帶到這裡了，我要繼續走下去，總覺得啊，前方永遠有好玩的事會發生。

當你感到困惑，
就去尋找答案。

生活雜記之三

1

下午和張凱去鶯歌添購一些餐具，從上次和朋友一起去過之後就念念不忘，每每都跟張凱說，等家裡要大整理時一定要一起去逛逛。

很冷的天氣裡我們邊走邊聊起母親以前給我們的教育。母親重視幼兒常規遠遠大於小朋友幾歲會寫多少國字、背出多少九九乘法，她總是嚴厲在與老師不一樣的地方，也放任在別的父母不容易輕易放任的地方。因為在安親班帶小朋友的關係，張凱才發現母親給她的影響如此巨大。

她說中低年級以下的小朋友很喜歡告狀，而告狀的內容差不多都是，老師誰誰誰把我的筆弄掉了、老師誰誰誰在桌子上畫畫、老師誰誰誰吃完午餐桌子都弄得很髒，而母親以前還在帶班的時候，她的處理方式從來不是生氣和責罵，她總會說，沒關係啊，只要他自己撿起來、他自己把桌子擦乾淨就好了。原來母親那時候要教我們的是發生了什麼事情不是最重要的，最重要的是要自己去收拾，張凱說。

想起母親曾經對我說過的話、教導過我的事情。意識到在開始有了自己的世界以後還沒能即時發現母親已經不如以前親近，直到她和父親離婚那一年，看見她哭了才發現原來母親並不會永遠是天。後來我們終於在不同的路上繼續自己的人生，卻仍彼此需要。

2

經過某一個小攤子時張凱停下腳步，有人正在製作毛筆，老闆把製作好的毛筆掛在攤子前方，上面標註著狼毫與羊毫，好像小時候我們書房裡也有的毛筆，我說。對啊，張凱應了聲。而且我們真的會用耶，雖然都把牆面弄得髒髒的，我繼續說，忽然覺得爸爸媽媽很努力想讓我們有書香世家的感覺，琴棋書畫，幾乎都讓我們學了。除了鋼琴以外，象棋、圍棋、五子棋、書法、水彩、素描、水墨、各式畫畫的方法，小時候總是張凱和我一起，甚至還學了芭蕾和民俗舞蹈（當然現在幾乎都不會了）。週末下午我們喜歡下好幾盤棋，有時候會穿插父親進來和我們較量一下，或是我們一起磨墨寫書法，楷書、隸書、行書，討論怎麼樣的蠶頭雁尾才好看。忽然才想起沒有網路的時代我們是如何度過那些週末的午後。

他們不是這樣的人，卻努力讓我們成為這樣的人。張凱說。我沒有說話，只是輕輕地點了點頭。外公外婆是市場的小販，爺爺奶奶是農家子弟。不知道他們有沒有成功，現在一點一滴回想起來，自己身上也許，真的，有著他們不好看的影子，但其實也有著他們一天一天，用那麼寶貴的時間交給我們的那些美好印記，領著我們一步一步走向今天。

不知道是不是因為對於家的渴望，這陣子無論刷著油漆還是挑選傢俱、想像著該如何陳設與擺排的時候，都是百感交集，不是只有開心而已，也有滿滿的悵然，好像自己永遠鬥不過時間，它永遠只是沉默地把命運丟向你，再在你滿身痛苦時一點一點告訴你，它要給你最大的噩耗是你還有明天，而那也是它能給你的最好的禮物。

「能帶給世界希望的人從來都不是有錢人，而是懷抱希望的人。」不知道為什麼突然想到《敵人的櫻花》裡王定國寫的這一句。沒有想要給誰什麼，只是自己不想放棄而已，回到家後一邊看著買到的戰利品，一邊和張凱笑著說。這些年啊已經學會了——你的難熬不會停止，你要撐下去。明天也許就會有希望。

3

買餐具的時候我們討論著應該買幾組，一組算是一整套碗筷和盤子。二嗎，或是四。我說，好像都應該要買個偶數，成對的感覺。但是，張凱說，二太少，四太多。家裡就兩個人而已。買三組吧，她說。不要，沒有人在買三組的，我拒絕著。真的嗎，她問。其實我也不知道，我就是不喜歡買三組。

二很簡單，幾乎沒有要為有人來訪甚至留下來用餐做打算，四則恰恰相反，還能允許多一點人留下。三的話到底是要不要留呢。我們沒有結論。後來我們各自逛著，然後我繞回張凱身邊，淡淡地說以前我就是買三組的人。

蛤，她愣愣地看著我。為什麼是三組，她問。因為我有三個妹妹啊，我覺得我們不可能有再全部聚在一起的可能了，最多就集合到三個人吧，我說。所以那時候筷子三雙、湯匙三支、碗三個。沒想到妳是那麼悲觀的人，她說。我只是淺淺地笑著。後來想到會發笑的事情，當時都為它掉過眼淚。

家用品、餐具，甚至是終於練會了一個胃份量的餐點，這些極其細微甚至不太重要、無傷大雅的物件們，才真正看出了一個人的心思吧。而所有在自己身上的心思，能被理解的大概就壞掉的那幾個，好的沒有被接到，留在自己身上腐壞，於是也把自己變壞，於是在某些一個人的時刻裡仍會無力地覺得為什麼自己能做的那麼少，要怎麼樣才能趕上變卦，抵禦它們帶來的傷心。還是其實根本抵禦不了呢。心臟也是肉做的。

也許我的骨子裡就不是一個樂觀的人哪，只是學會了安慰自己的本領，因為知道這樣才能繼續活下去。

要怎麼才能趕上變卦，
抵禦它們帶來的傷心。

生活雜記之四

1

昨天母親第一次正式地拜訪我住的地方（整理好才敢邀請她），之前她都是打通電話要我下去側門拿些她煮的東西或是食材。母親一直很尊重我們的生活隱私，而我每每只要覺得自己活得還不夠讓她安心就不敢讓她知道、讓她看見。來時她帶了白飯、咖哩、豬排和豆花，她說，晚上可以一起吃飯。我想著，當然好，新買的烤箱終於派上用場了，然後開始思考冰箱還剩什麼食材可以料理，不知道母親會不會喜歡我最近的拿手菜奶油杏鮑菇。

傍晚時我們一起去運動，回家後我以一種平常招呼朋友的心情跟她說，妳先洗澡吧，我來弄吃的。我一邊走到廚房，她跟在我身後說著，妳先洗好了，我想熱一下豆花吃。我沒有多想，好啊，我說，一邊想著我得趕緊去洗澡，出來好弄晚餐，剛好張凱也要回來了。沒想到洗好澡後母親已經弄好了一桌菜，她熟練地烤好豬排、加熱了白飯和咖哩，甚至替每個人煎了一顆好看的半熟蛋，用冰箱剩下的食材煮了奶油白菜。她把食物分裝在四個餐盤上，一人一份。

好像小時候，我沒有說出口，只是在心裡不斷複誦，以前晚餐媽媽妳幫每個人都準備一份，甚至擺盤，偶爾妳會做西餐，我最記得的是每次做西餐妳都會跟爸爸一起在陽台吃飯，妳會買花，妳會點蠟燭，妳會開紅酒，妳準備的晚餐總是特別浪漫。我全都沒有說出口。那些與父親有關的記憶像是光，我站在任何一處，都會在自己的身邊留下影子。忽明忽暗，永遠無法捕捉。

這種時候總會想到張凱，這陣子常常我會說，咦妳不覺得這很像，我話還沒說完，她就可以精準地說出我所想起的我們共有的記憶片段。喜歡這樣的感覺，我們有一樣的傷口，那來自一樣的快樂。它們之於別人特別私密，之於彼此卻特別坦然。有人能和自己共享記憶是一件幸福的事。

2

意外地看見了自己被赤裸地討厭著，對方很誠實，雖然並不意外，但仍對那極端的話語感到震懾。想到《火花》裡面有一句印象中是這樣的：「如果他一定要討厭我才能活下去，那就讓他討厭吧。」

小時候並不慣於處理別人對我的肯定和否定，因為總覺得自己是那個最普通，普通到不會被肯定也沒什麼好否定的人。後來學著處理肯定，接著才發現這是一體兩面的，讚美的聲音傳來時，其實背面也跟著批評的聲音。聲音也有背面，聲音的背面也會一併到來。替自己建立像這樣的一種正常，視為理所當然之後也許心就有其他的空間放更值得久留的聲音了。

我們喜歡一個人，便看出了我們是一個怎麼樣的人，如同我們討厭一個人，也是一樣。

生活雜記之五

1

他提到至死不渝四個字，我想到的是一種追求，一種渴望但被渴望所傷的情況。

我好像都看得見那樣的景象，在長長的公路旁，他說著被伴侶背叛過的次數，是劈腿嗎，我們常用的說法，於是他在感情裡要的就是誠實，一切都應該以誠實為前提。基於青澀的心臟與身體而言（我們先不討論在情感裡誠實的必要性），誠實或是良善等等美好的詞彙彷彿都是情感的原物料，透過時間的來臨，這些詞彙也將穿透自己，有些人的記憶裡留下的殘渣令人作嘔，有些人則繼續依憑這些元素一次又一次瘋狂地戀愛。揀選自己要的，以此當作比較高的門檻，以為從此能更靠近至死不渝——一個人所認為的至死不渝，不過是將所有他能夠蒐集到的美好想像攬在懷裡，或是認為美好經驗必須延續的偏執。於是我才興起了那樣的念頭，那種追求，是渴望著但被渴望所傷。

有些時候還是覺得離某些現況是遙遠的，不敢投奔是因為知道，過於專注有時候也會過於侷限。但同時也知道那是對自己不夠自信的藉口，若想要固執，就要勇敢地去固執，而不是懦弱地固執著。

2

這週開了一個書單給自己，赫胥黎（Aldous Leonard Huxley）的《美麗新世界》。之前讀書的時候一直看到這個名字，很多人都被他影響，實在太好奇，於是上網查了他的資料，並在網路書店下單了他的書。目前讀了三分之二，想著這週要把它讀完。很難得看小說看得這麼入迷，它不是那種溫吞的故事，寫綿密的情感或生活小事，裡頭有他想像、創造的世界觀，句子都很尖銳，我看得反而很過癮。知道是反諷式的反烏托邦小說，但一直想到一九三〇年初就可以寫出這樣的故事有著這樣的思想，實在令人震驚和佩服。

這幾天看著這個故事，偶爾會想起自己有段時間有意識地刻意不書寫以情感為主軸的文章，像是想要用一種自我想像的對抗去證明世界上令自己感到重要的事情還有很多，現在想來覺得當時的自己對抗滿是拙劣，所有事物的重要性之於自己都是流動式的，其實無需抗爭，有一天會離開某處，就像有一天某些過去總能精準地回來。而認真地前進有時候是一種逆向的單純，就像昨天看見《美麗新世界》裡的這一句：「就知性來說，在工作時間裡是成人，在關乎感覺與慾望的時候就是嬰孩。」

這大概就是複雜對於單純之必要。生活中有些事情需要更複雜的自己去承擔，而有些地方需要足夠單純才能夠體會和享受。所以那些沒有長大（或是不需要長大）的部分，就用長大的自己去保護它。

輯二

緣分並不究責

有些傷口是記憶，它會綿長地纏繞一生。
有時候必須要相信，痛苦在身上鑿的洞，
愛會在裡面開花。

直到他變成一棵樹

告別的時候他拎著舊皮箱，裡面是他本來要送我、但被我還回去的東西。我們是很懦弱的兩個人，他需要無數的讚美，而我需要他憐憫的愛，我們在彼此身上找到重要的東西，所以在一起。可惜那種僅仰賴自尊與自尊相依的關係，反而讓我們變得脆弱，變得更難去面對世界，誰的一句逆向的話都會輕易將我們碰碎。後來他找到了那個據他所說，可以離開這種失衡的依附關係的人。兩個人的世界再大，都大不過一個人對外面的世界的好奇。他離開我的房間，從巷口走出去，站在馬路的行道樹旁。那天太陽很大，我一直看著他，直到他變成一棵樹。再也不怕風吹雨打，再也不會靠近我。

越過一條最好的街

你的面容連面目可憎的可能都沒有了，模糊得連輪廓都扭曲。

記憶裡這是最好的一條街，最好的日子在這裡，和最好的陽光與季節。你的到來不帶污漬，那種到來本身就是污穢的。是幾年前呢。已經沒有數的必要。只是綠燈的時候忽然想起，那年冬天，你說一起生活。後來我們走向的一起生活，不過是在同一個城市裡，各自活著。多麼溫柔的語氣都已經不具意義。

有些轉動是越過一條街，就別過一種人生。

把祕密葬在舌根

幾年前有一次莫名地就哭了起來，他連夜趕來找我，我只是一個勁地對他發脾氣。我們沉默的時間和擁抱的時間一樣長，那晚沒有說出口的話，一直壓在心底。是過多的對於自身的矛盾和駁斥。為什麼自己是這樣的人，為什麼他們是這樣的人，為什麼會遇見這樣的事，為什麼、為什麼。明知沒有答案卻仍拚命張口，啞著的喉嚨吐不出適合的句子，只能掉著無從解釋的眼淚。

記得是在他身上，看見親暱其實存在著更清楚的距離，有些屬於自己的永恆的祕密，無關乎對誰或是世界的信任與不信任，僅僅只是無力承擔被揭露的結果，於是每一次發現可能觸碰到那些祕密，就會像洋流乖巧地沿著海岸、不魯莽地打擾森林一樣地將自己的島安好繞過。甚至像舉行週期性的神聖儀式，把祕密葬在舌根。

記得是在他身上，
看見親暱其實存在著更清楚的距離。

大鼻子先生

「我要死在星星上。」大鼻子先生用力地坐起身。口吻像是做了一個慎重的決定。其實只是因為他昨天夢到自己坐在一顆星星上，親吻著一個女人。那是他暗戀很久的公司另一個部門的專員。

夢裡的畫面只有女人的半張臉，但他知道是她。女人的嘴唇有一點亮亮的，粉橘色，感覺是好看又好聞的唇膏。好吧，說實在的，他也不懂。他不懂女人。他只記得他們坐在星星上，當他靠近那個女人的時候，女人沒有躲，只是羞紅著臉。他問，我可以親妳嗎。女人點點頭，然後他就越靠越近、越靠越近。那幾秒，他甚至聽見了自己的心跳聲。其實幾秒而已，可是他從來沒有那樣感受過，原來能這樣活著。他的嘴唇碰到她的嘴唇時，他的心臟好癢好癢。她的嘴唇好軟。他想。然後他感覺到女人僵直著身體，甚至緊張地抓著他靠近腰際的衣角。女人沒有回吻他，或是，不知道怎麼回吻他。該伸舌頭嗎。他想。不，不要嚇到她才好。他們好不容易能親吻。他們的唇就這樣碰在一起。

他閉著眼睛，所以他看不見女人的表情，也不知道女人是不是閉著眼睛。可是他知道，他們正在坐在一顆星星上。他們就坐在星星上。

旅程才正要開始，
所愛的都是行囊，愛著我的都是陽光。

你不要說話

封閉的生命終於找到出口，死亡的靈魂終於復生。那條路上都是火，墜落的羽毛不得不燃燒，觸碰到掌心的時候終於冷卻、變成乖巧的灰燼。可是你不要說話。你不要說話。

你一開口，就會把我吹散。

除非

我告訴自己
除非你先拍拍我的肩膀
我們一起散步好不好
除非你這麼對我說
我才會敢興起
和你一起看海的念頭

森林裡的兩隻熊

早上做了一個很長很的夢，是一個悲傷的愛情故事。對於多夢的自己這算是難得的，每次做的不是惡夢就是很片段的畫面，甚至幾乎沒有過愛情成分這麼高的夢境。

我夢到自己是一個服裝造型設計公司的實習生，做一些打雜的事情。我的主管在公司裡雖然不是老闆，不過她自己私下開了一間小咖啡廳，在不起眼的小巷子裡，整條巷子都是褐色的，布滿許多綠色的植物。咖啡廳在二樓，每次要開設計會議時她都會把整個團隊帶過去，或是週末的午後，我們也會待在那裡加班。

某次我們接到一個劇團的訂單，是一個關於森林裡的兩隻熊的故事，劇團提出的想法基本上和主管的喜好非常相近，看著主管每次都要為了案主更改甚至是壓抑自己對於服飾的創造力，我以為這對主管而言會是很棒的工作機會，幾乎可以說是放手讓主管去做她最喜歡的類型和風格的造型設計。但是主管拒絕了，她說她沒有辦法接下這個案子。」

我們待在她那整個風格都像在森林的咖啡廳裡，那是一個週末的加班午後，她說了一個故事給我們聽。

大學的時候她加入一個校外的劇團，擔任角色的造型設計，當時她認識了一個學長，學長的企圖心很強，起先只是一個小演員，卻一心想當團長。在一次次的校園演出合作後，兩人有了感情，談起了戀愛。學長一步一步慢慢變成劇團的副團長，而她也開始接到更多其他戲劇表演的造型設計工作邀約。

某次學長獲得一個可以出國深造的機會，一年後回來可以直接接任團長，一年說短不短，說長不長，之於感情她會捨不得，之於理性，她知道有些夢想被情感牽絆住將變得更遙遠，於是她把自己的難受摺起來，收在床底下，假裝睡著的時候矛盾就不存在。你一定要去，她說。可是我的心血都在這裡，學長說。我會待在這裡，直到你回來，她告訴學長，她的一切考量都會以這個劇團為重，因為這裡面也有她的夢想，最重要的是，一直留在一樣的迴圈裡不會讓自己走得更遠。

這一年間學長只回來過一次，她相信他們之間沒有任何生變，學長還是會央求要抱著她入睡，她還是會在早晨醒來時向學長要一個早安吻。但一定有什麼改變了，她知道，從學長高談闊論那些戲劇理想和觀點的時候，她知道有些東西已經有所不同，不一定是彼此之間的關係，可能只是獨立的個體有了變化，這樣的變化卻不著痕跡地滲透到兩個人的關係裡，甚至是感情裡。她知道如果她要追上學長的腳步，就不能只待在這個小劇團。

於是她不再因為劇團事務的考量拒絕各式邀約，每個週末只要有空她仍會待在劇團裡，陪練、幫大家買吃的、關心團員們的生活和心情。在學長要回來的前一個月，她被挖角到一間很大的服裝造型設計公司，上班的時數將使她必須放棄大部分的劇團生活，做的工作也不一定都會是自己喜歡的，但是有更多和業界接觸磨練的機會，並且薪水高而穩定。

猶豫了一週後，她拒絕了那間公司。她答應學長要替他守著劇團，而她相信自己繼續靠著獨立接案不會過上太差的日子。學長回來後，發現整個劇團的心都向著她，自己反而與劇團變得陌生，甚至學長從其他團員口中得知她為了自己放棄了一個非常好的工作機會。

她說，他一回國後主動來找我、主動像以前一樣對著我撒嬌耍賴，但他這次只停留一個晚上，那個晚上我們甚至沒有擁抱，在我小小的單人床上，他依著習慣睡在右側，但他沒有伸出手，只是把手安穩地放在被子上，他的笑容還是一樣好看，我告訴自己在那麼好看的笑容面前怎麼樣也不能哭。隔天早上我賴皮地和他要了一個早安吻，他吻在我的臉頰上，我右邊的臉頰。他忘記他習慣親吻的是我的額頭。彷彿他知道我的眼睛在找他，但他聰明地避開了那樣的尋找。我沒有找到他。我們再也不像以前那樣地說話了。

接下來他整整一個星期都沒有出現在劇團，一個星期後，他掛著那個我熟悉的笑容，我坐在劇場的台階上，他朝我走來，沒有一絲尷尬和抱歉。我站起身，對他露出笑容。他說，謝謝妳，辛苦了，這些都結束了。我聽不懂，我皺起眉，沒有說出任何的話，我找不到適合的話說。妳應該要飛翔，妳有那麼漂亮的羽毛，他說。你要去哪裡，我問。我該走了，妳也是。這是他和我說的最後一句話。他的每一句話都一如往昔地溫柔，他的笑容他的表情、他的眼睛鼻子和嘴巴都是，但我卻覺得他好陌生。

他轉身離開的時候，劇場裡只有昏暗的小燈，他推開劇場的門，光線直截地竄了進來，讓我知道外面是很好的天氣，大概像是那年暑假他離開的午後一樣是一個炎熱的艷陽天。我沒有哭，其實我知道這些是什麼意思，只是我想親口聽他說一遍，我甚至希望他殘忍地告訴我，不需要為犧牲賦予任何偉大的意義，犧牲就是犧牲，你選擇失去，就不可能渴望它會將任何什麼還給自己，包括愛。

我再也沒有去過那個劇團，他們練習的地方、他們常聚集的街道，我都很小心地避開。給那些團員們的解釋是我接受了別的公司的挖角，以後會非常非常忙碌，幾乎沒辦法去看他們了。事實上我過了渾渾噩噩一年多的日子，薪水不穩定、生活一團亂。聽說他很快地把劇團整頓好，沒有很久的時間，大家對他已經從陌生到信服，團員們幾乎都願意跟著他窮、跟著他到處巡演。
主管說到這裡的時候，表情很柔和。她的溫柔其實是遺憾長的繭吧。我們都明白了她拒絕這個劇團的原因，就和那年他們沒有說清楚的那些話一樣，沒有說清楚，反而更清楚。
「森林裡有兩隻熊，他們偶然在黃昏的時候遇見了，因為天色晚了，於是他們約好明天要一起去探險。隔天兩個人都迷了路，森林裡的每一棵樹長得都太像了。後來他們都沒有找到對方，但也沒關係，他們在尋找對方的路上已經獨自完成了一場又一場的探險。而你知道嗎，森林那麼大，最後他們都找到了不需要擁有彼此也能好好活下去的辦法，就和他們在遇見彼此之前的生活一樣。錯的不是黃昏，也不是太大的森林，這個故事裡沒有真正錯的事情，只有兩顆曾經很傷心的心，而他們現在都過得很好。」
主管說，她不需要打開企劃，就知道這個故事在說什麼。
「每天都有黃昏，也許這兩隻熊又會在某一次的黃昏裡遇到。」我忍不住說。

「也許吧。」主管露出好看的笑容。暖黃色的陽光偏斜地灑在我們的桌上，她吸了一口氣：「下午竟然就這樣過完了，時間過得真快，走吧，我們去吃飯。」

我們下樓的時候已經是日落時分，最後一點點陽光讓她的表情顯得特別明朗。我回頭再看了一眼這條褐色的巷子，和數量剛好的綠色植物。也許有一隻熊已經回到最初的那個森林裡，只是這偌大的森林，有那麼多美好的角落，若最後沒有遇上，也無需可惜。

回過頭想跟上她的腳步時我就醒來了，我沒有看見她的背影，只記得最後看見她的樣子，她也和我一樣回頭看著這條小巷子。她是個過分美麗的人哪。但她的表情彷彿在告訴他，你洋洋灑灑地回來，可我已經無法毫不猶豫地迎上去。

覺得自己不太能再對他們做更多的解釋和評議，比如愛不愛得起、比如為什麼不把話說清楚，每一個用感覺在談戀愛的人，其實也都在用自己的感覺哀悼愛情，因為用自己的方式結束，才能用自己的方式痛苦、用自己的方式原諒或紀念。分頭走之後的愛情就是一個人的了。

或是也可能，其實這並不是愛情故事，也許是在展示自己的性格造成的結果，而愛情只是一種表現方式。我也不知道，那些溫暖的顏色和畫面，溫暖的黃昏，讓人不想克制自己好好地去哭一場，無關乎愛與不愛。

不會無故地愛你，也不會無故地不愛。
沿著時間走，你的好我全都記得，
如同你的殘忍。

那棵開花的樹

她說，席慕蓉的那首〈一棵開花的樹〉其實有續集，我問她，後面是什麼呢。那個人後來又去求佛，這次她想求佛一千年，將自己換做一座橋，在他每天必經的路上，可是到了第九百九十九年的時候，她忽然決定不再執著於此，這時佛和她說，妳終於放下了，在妳身後，有另一個男子已經為妳求了三千年。我不覺得這是浪漫的故事，她說，我覺得很傷心。我忘了自己有沒有告訴她，我也覺得很傷心。

傷心的不是誰沒有等到誰，而是當這些故事流傳得太遠，成了對於愛情的最大想像，或是真的走過五年、十年甚至是一輩子鶼鰈情深的佳話，加強了愛一個人必得要深刻、要恆常的認知，那麼那些平凡而瑣碎的愛——或甚至只是喜歡，那些痛苦而混亂的感受，那些關於愛的其他不討喜的真實，該怎麼才能普通地經過每一顆心臟，普通地不過於傷害任何一個擁有愛的人。

傷心的是愛沒有魔法，我們卻總以為接近永恆，就等於擁有永恆。

你可以不要

有一次和他約好一起吃晚餐，礙於他下午的活動結束有些延遲，我們見面時已經超過晚餐時間。我們約在圓山捷運站，從捷運站散步到北美館。隨便吃吧，我說，怕你餓了。他說，妳有想吃什麼嗎。我又說了一次，都好，看你。我倒也不是那種說隨便但其實會有一堆隱藏意見的人，若我不要的，我會直接告訴對方。要不，去吃覺旅？他露出笑容。前些日子他在電話裡得知我想去吃覺旅。我看了他一眼，忘了自己是什麼表情。他攔了一台計程車，那晚我們坐在覺旅的一樓，還是二樓，我也忘了，只記得下了一點小雨。

我分享著我喜歡的餐點、喜歡的飲

料，他靜靜地聽，偶爾附和。事實上我不太知道怎麼接下這樣的體貼，這是體貼嗎，還是溫柔。我不知道對方向著我的時候，我該以什麼姿態擁抱，儘管我已經確定自己願意擁抱他。像是寵溺的感覺，但也不敢深陷。這些不是理所當然，這些需要被珍惜，或給予回饋嗎。

今天去了北美館，經過了那條街，天很亮，但想起的都是天黑時他攔車的臉龐。然後接著想起，後來的某次和他一起去逛雙年展，入口是一個巨大的屏幕，人走進去後站在屏幕前的其他人會看見那個人走遠的影子。前面小小的，但很清楚，接著會越來越巨大，但是變得模糊。是一種光影的設計。像我們之間，能想起來的事情不多，也記不清楚，懷念的心意卻很巨大；而當時看得很清楚的，都只是小小的事件而已。

那年展區裡有一個小空地，裡面有兩顆懶骨頭，我們坐在那裡看夕陽。你的模樣是什麼呢。啊，好模糊。只記得夕陽很美，我很難過，但我沒有告訴你，因為我知道那一天我們要分別。

「我知道自己與世界是不可切割的，那些與他人、與世界連動的是一些自己也無法命名的體系和結構。可是散步的時候，可是牽手的時候，可是我們一起吃同一塊蛋糕的時候，愛裡便長出了新的自我，那只與你有關。我的靈魂開始分裂。從前沒有詩人寫過，以後也不會有人記得。我分給你的不只是一口蛋糕，還有一塊靈魂。那一塊只屬於你。而這是可以切割的，你可以不要。」

緣分

他寄來的信厚厚一疊，其實不會再去翻了，偏偏因為念舊，她就還是完好地收在床底下。不會想念了哦，她說，什麼懷念紀念都不會了，但那東西就是不能丟，她露出笑容：「妳以為這是關於他的我才捨不得嗎，才不是咧他那麼差勁，但是再差勁那也是關於我的。我是捨不得自己。」這句話太老套了，我說。她仍掛著笑容：「老套又怎麼樣，至少是事實。」也是，我也笑了。我想到她曾說他們多有緣，幾年前認識、幾年前一起去了哪裡，然後隔了幾年才又連絡上、才墜入愛河。以前對緣分的理解是許多巧妙的偶然的發生，看著她時卻看見了，緣分其實是不究責。

孤獨的反面

他的世界很小，出門後一個轉彎搭上公車，十三站後下車，再兩個轉彎後抵達公司。街口與行道樹和他沒有任何關係。他談了幾場無疾而終的戀愛，門關得越來越緊，活得越來越安靜。房間裡的擺設和初入社會的時候一模一樣，他沒有改變世界，世界也沒有改變他——他沒有讓世界進來，也沒有走向世界。三十歲以前好幾個同學都結了婚，三十歲之後的某一天他忽然想起一個人，他熟練地背出對方的電話號碼。對不起，您撥的電話是空號。對不起，您撥的電話是空……。

所有人都知道他的世界很小，小得只容得下他自己，但沒有人知道，他的世界小到，當他開口說想念，那是全心全意的想念，沒有偏離任何意義，沒有任何雜訊的想念。可惜那之於任何人，都不重要。

愛的反面是孤獨，可孤獨的反面不是愛，是渴望被愛。

星星之火

無意間經過一個街角，看見一塊招牌，招牌上是你的名字。一瞬間就想起你笑起來好看的酒窩，和說話時深邃的眼神。但好像也沒有那麼清楚。我在想，若有一絲絲遺憾的感覺，大概是因為沒有在一起過，所以偶爾會想像著，如果我們當初在一起了，現在會過著什麼樣的生活。這種如果是甜的也是苦的。你在最後一通電話裡撒了嬌，我聽見你那裡傳來呼呼的風聲，我說我要去忙了，然後掛上電話。忙什麼呢，頂多忙著假裝有事情可以分散自己的注意力。

其實並不常回想起那些曖昧的日子，因為你明明只是星星之火，卻能夠在許多微小的事情上，一次次燒遍我的草原。我從不覺得這是災難，只是太習慣黑暗，所以害怕太明朗的你。你把某些東西點亮的時候，我也變得赤裸了。那時候還沒有學會跌宕的時間，也有著和四季一樣的起伏，黑夜與清晨各司其職，安慰著不一樣的人。若要想起你，就會想起在你想要做我的光的時候，我卻硬生生地將你熄滅。

學會飛了以後卻找不到著陸點。
忘了也要學習降落。

愛的可能

不知道該如何繼續下筆的時候，就想起了曾經一起度過的冬天。

忘了是不是也是這樣濕冷的天氣，那年冬天離開那個小公園時，你問我，我能不能牽妳。不行啊，我說，我們又不是男女朋友。可是我會冷，你說。可是還是不行，我說。然後你將我的手牽了起來，我的手握成一個拳頭，硬是要防止被你牽起，你的手包覆著我的拳頭，掌心熱熱的，手指冰冰的。離開這個公園，我就會把你的手甩掉了，我說，這是因為現在人很多，我甩掉很尷尬。說這些話的時候我高高的自尊心不知道該擺在哪裡好。我確實不想讓你牽，因為我不確定你是不是真的喜歡我。那我們多繞幾圈，你說。忘了後來我們到底散步了多久，走出公園的時候你仍沒有將我的手放掉。我跟妳說，我牽了就不會放掉，我早就決定好了，你說。我沒有看你，也沒有掙扎。在愛裡面好像孩子一樣，仍不懂得怎麼溫潤的開始，也不懂得怎麼和平的結束。

聽著吳海文翻唱葉蒨文的那首〈愛的可能〉，忽然覺得今天的天色暗得太快，怎麼才單曲循環了幾次，街燈就亮了起來。不知道你過得好嗎，也不是一句依附在想念上面的問候，就只是一個單純的念頭，你應該過得很好吧。不知道要錯過一個人生活裡的多少細節，才算真的變得陌生。記得有一陣子和母親聊起你，母親都會說你像父親，我知道母親說的不是個性、樣貌，而是自尊心。一如我也總握在手裡的自尊。很多時候大概都被這個東西打敗。總之，希望寂寞的日子裡想起對方的時候，不要更寂寞。

「你有你的人生，我有我的旅程，在前方還有等著你的人。」

---

*最末句引號內為〈愛的可能〉歌詞。

愛過的人

愛過的人住在很遠的地方，房子的旁邊有海。

週末的午後通常有微風，午餐後他會喝一杯檸檬水，若還醒著，他會發呆，偶爾看電影。嘴饞時他會吃桑椹，他的房子後面有一小片桑椹田。他不怕過期一天的牛奶，他不怕放在窗邊的日記本淋到雨。他總是打開窗，我要讓陽光進來，陽光裡面有精靈，他總是這麼說，下雨的時候陽光也還是存在，只是被烏雲遮住了，精靈被困在雲朵上，我救不了他們，這總讓我感覺到自己是多麼無能。

大多時候我要的不是你拯救了誰，我不要那種英雄，我說，基本上我所有時候都不需要你是。可是這樣的話，我也無法拯救妳，他說，我的心臟掉在海底，那是很冷的地方，戲水的人不會知道。我不是戲水的人，我說。我知道妳不是，他說，但我會假裝自己是，我會假裝自己的心臟沒有掉在任何地方。為什麼要假裝呢，我問。那是個很冷的冬天，他一隻手環著我的肩膀，我們坐在小小的沙發上。這樣才能好好愛妳，他說。然後他要吻我，可是我沒有任何表情。

愛情沒有那麼偉大，愛不能解決所有的事情，我說。他的吻停在我的胸口上，妳的心臟也掉到海裡了，他說。我沒有說話。妳多麼渴望被擁抱，我來了，可是妳沒有張開手，妳躲在角落，問我為什麼不替妳點燈，他說，在漆黑的地方也可以擁抱，我們其實不需要好起來。是嗎，我的唇語他沒有讀到，因為他吻了我。他把所有的句子吐回來，我只能硬生吞下。

彷彿某些時間之外的潛意識裡，已經暗示我們的愛沒有療效，甚至差一點就會帶來死亡。有些人愛過便永遠迷失，有些人迷失了才體會到愛。我知道我的心臟還在自己這裡，我掉落的是愛人的能力。

他的房子小小的，那些我也喜歡的他的習慣從來沒有變，窗邊的日記已經殘破不堪，那也許並不重要。我走的時候他說，一定要讓雨下進來，也許不小心就會收留一個濕透的精靈，而她很傷心。如果我曾經活在你的日記裡，現在應該已經模糊不清，我說。可惜妳沒有來到我這裡，妳是困在烏雲上面的精靈，他說。愛的失衡常常來自過於相信我能給你的最好的，就是你要的，甚至以為那些不好的，不會被任何人需要。

那個冬天很短暫，短得我們甚至沒有留疤——幾段感情之後，變得太聰明，疤只會留在自己看得見的地方。

愛過的人住在很遠的地方，房子的旁邊有海，我的小帆被海風吹得很飽滿，我沒有問過他到底喜不喜歡看海。我忘了應該要怎麼才能再次從人海裡將他認出。

他是個壞男孩

他足個壞男孩。他把我約到了他在的捷運站，然後告訴我，妳別出來，就不用再花一次錢。他把上禮拜聊天聊到的餅乾裝在小紙袋裡，說好要給妳的，說到做到。他遞了上來，我笑著接過。他一直都笑咪咪地，我也是。你幹嘛一直笑，我問他。那妳幹嘛一直笑，他也問我。幹嘛跟你講，我說。那我也不要跟妳講，他說。

他有虎牙，他個子不高，他那天穿深藍色的POLO衫，他總是可以在我的生活裡找到間隙，把自己放進來，他總會說，妳讓我擔心。我知道他不想戀愛，只是想要戀愛的感覺。你是壞男孩嗎，我問他。是，我是壞男孩，他說，我們現在這樣很好，不要再更靠近，我是壞男孩，他又說了一次。

我忘記他的眼神了，老實說，只知道看著他笑的時候我會心悸。好巧，我也是壞女孩，我這麼告訴他。我假裝自己和他是同類，我的意思是，能夠使用同一種語言，並且理解彼此。妳是好女孩，他說，妳應該去找一個好男孩。什麼是好男孩，我問他。總之不是我這種人，他說。我知道了，我們不是要進入任何關係的那種關係。

我記得你以前寫的詩欸，是關於瓶子的，我說，那時候你不認識我，但是我認識你。我想拉近距離，也想製造距離，當作單向的對話，單向的情感連結。是這首嗎，他貼來一首小詩。是，我說。對話如預期般地結束了。現在已經不寫了，他說。嗯，我說。看起來我成功製造了距離。

其實他沒有走，是我走了。我不想讓他擔心。我要走了哦，我說，因為你是壞男孩。他又露出那個讓我心悸的笑容。慢慢走，小心不要跌倒，他說。好，我點點頭。

後來我再也沒有見過他。他的壞是留了很多的喜歡給我，但留了更多的心思給自己。而我的好也不是真的好，我的好只是想對自己好——不想被他傷害的那種膽怯又自私的好。我們和平、就地解散。

今天很難得經過那個捷運站，望向那個位置只有幾秒鐘，但還是想起了他。那個總是說自己壞的好男孩。

回生

在一起的時候偶爾也會因為聽歌想起你而感傷，感傷的是走了這麼遠，終於遇見了，也許並不時時在身邊，但至少想念的時候，能夠向你說出口。

沉默的歲月波濤洶湧，將載著我們的小船翻覆，我們在不同的小島生還。悲傷也是沉默的，快樂也是沉默的。重生以後，沉默也許是對於彼此最好的保護。

你好嗎，你好嗎，不斷地想問。也沒有問出口。在自己這裡複述幾次，你也過得很好吧。

指尖敲打的文字最後都會將我融化。我在這些篇幅裡死了又回生，不是因為強大，而是因為軟弱，怕過於沉溺會帶來厄運。但是下一次我仍會這麼做，仍然是因為軟弱——我怕自己沒有到過悲傷淵谷的最深處，會不甘心。

愛不只催人老，
愛催人生、催人死，
催人極端地活著。
就像你一樣，
極端但義無反顧地活著。

值得被複誦的線索

有時候決定要相信什麼，不過是決定複誦了他人說過的什麼。小心地製成自己的語言，遞交給經過的人，然後有一天，當你正從編製的萬千密碼中尋找值得被複誦的線索時，我要你讀出，我喜歡你。我喜歡你。

你沒有欺騙我

不舒服的是我誤會了你是最後的岸。你始終不是，我卻太晚發現。好像最後一個信念也被摧毀了，再也沒有能相信的事。你的愛是真的，你的目的也是。你沒有欺騙我，是我沒有看清你。時間的玩笑就是組裝和拆解彼此的過程吧，弄痛或是把誰逗笑了都不重要。我終究成了時間的病斑，愛過的都洗不掉，只能醜陋地活下去。

一不專心
就會有破綻

前幾天做了一個夢。

有個舊車站辦了一個紀念展，他約我一起去看。第一天我們遲到了，錯過了時間。第二天人太多，我們排不進去，又錯過了入場時間，第三天清晨他就打給我，說我們今天一定要當第一組客人。我們確實一早就進去了，人比想像中少。有個地方的陳設是火車的椅子，前面放著紀錄片。坐下來看吧，他說。然後他坐在我的左側。對，是左側。這記憶鮮明得不得了。還有他黝黑的皮膚、高挑的身型。我盯著那螢幕看，他也是，不到三分鐘，他靠上我的左肩。那麼一個大個子，我僵住了，不敢動。他的頭靠在我的肩窩上，他的手指沿著我的手臂找到了我的手指，然後他牽起了我。我仍僵直在那裡。

呼溜地一聲電話響了，是找我的。我自然地接起電話，他將脖子仰正，牽著我的手漸漸鬆開來。我去外頭講了一會兒電話後再進來，紀錄片還沒播完，我又自然地坐下，彷彿剛剛什麼也沒發生。他也聰明，裝作若無其事地又將頭靠了回來，我的手臂是熟悉的路了，他的十指扣上我的十指。我倒是沒忍住。你怎麼能牽我呢，我說，眼睛直盯著螢幕，到底是沒有在看裡面的劇情，也要看起來是專心的。一不專心就會有破綻。

他沒說話，我感覺到他的嘴角在笑，他整個人都在笑。我不敢笑，我必須嚴肅。我又問了一次，誰說你能牽我了。我說的，他說話了，我想妳也是喜歡我的。我仍板著臉，什麼叫做也是？我問。我喜歡妳啊，他說。他的身子動都沒動，看起來也認真地盯著螢幕。

我的心臟痲痲的，怕我嘴角一上揚會被他發現，只是繼續板著臉。他穿著白色短袖T恤，有濃濃的眉毛，我看不清他的臉，但這記憶鮮明得不得了。我沒有縮手，我們坐在那裡，專心地看著紀錄片。我記得他高高的個子，窩在我的肩窩上那是不太舒服的。但我們就這樣坐著。紀錄片結束了我們就再看一次、再看一次，直到夢醒了，我們都沒有分開。

直到夢醒了，
我們都沒有分開。

相信

耗上許多時間彷彿都仍看不清一個人，有時候知道對方可以相信，有時候知道不行。總是不知道那個背信的瞬間對方在想些什麼，或是某個節點上忽然失控的時候。許多事情變得越來越節制，零食、炸物、含糖飲料或是不必要的緬懷，然後漸漸地連信任也是。

所以能直的完全去相信一個人的時候，真好，那連自己的風險都願意交到他手裡。如果你騙我，我也會一起破碎。大概是一種無比的幸運，一直到今天，我所相信的人，都值得我這麼相信，並且值得繼續相信下去。

移室移家

這幾天起床的時候都是雨天，已經可以從踏過我臉上的暮暮的小肉墊去斷定今天的氣溫是高是低，比如今早難得的冰冷，差一點以為是牠踩到喝水的器皿，驚醒過來才發現原來是如此冷的一天。

連續花了將近一個禮拜在整理家裡的各處，比如廚房各個櫥櫃、擺設、冰箱清洗、陽台，接下來還有（緩慢的）客廳和書房。每一天都弄得很狼狽，但每一天都很快樂。昨晚睡前跟他聊到三、四年前要搬離那個在台北住了近五年的老公寓時的景況。

那天天氣很好，是一個很舒服的下午，一整週都在搬家，那時候已經把自己的東西撤得差不多了，撤去一個大概兩坪不到的雅房，沒有家的感覺，也不知道自己接下來要怎麼辦，但也沒什麼可以想像的，礙於太無知而傷心地陷入現實生活的窘況，那時候的自己幾乎沒有重量，風往哪兒吹就往哪兒倒。

然後我接到一通電話，要去搬剩下的一兩箱東西，但後來我才知道我是被邀請去監工，需要看著自己曾經使用過的傢俱一件一件被敲碎。

我跟他說，應該沒有人看過我看過的那個老公寓最後的樣子，我的意思是我們這一家人離開時，的那種最後。我的語氣有一點遮掩不住的自豪，好像因此就可以當最傷心的人而不用感到任何尷尬與不妥。

我一打開門是堆滿的泡棉和木板、木屑及高至膝蓋左右，只剩一個小小的走道通往我的房間，原來是隔間被打掉了。那些幾乎都是米色、白色的破碎的垃圾裡（應該已經是垃圾了），零星可以看見鮮豔的顏色，我認出那是其中一個妹妹的書桌。某一年暑假，我們沒有錢買新書桌，又很想換新房間裡的傢俱，於是兩個人跑去買油漆、色母，把自己的書桌、書櫃、衣櫃、椅子塗塗抹抹成自己想要的顏色，像小時候塗著色本。那是第一次直接地看見我與妹妹的不同，喜好某種程度上赤裸地透露著自己是一個什麼樣的人，甚至更細微地透露著對於事物的想像。她把她的書桌塗上積木的顏色，飽和的正紅、飽和的正藍、飽和的正黃、飽和的綠，而我塗的不是白色就是淡色的黃、淡色的藍。所以我一眼就認出來了。都已經被拆掉了嗎。都已經是垃圾了啊。

我打開房門發現我塗過油漆的傢俱還在房間裡，然後我再次接到電話，下午會有人來處理我房間裡的傢俱們。是兩個皮膚黝黑的工人，穿著吊嘎和牛仔褲，身上有濃濃的汗味和菸味，我們面面相覷，電話裡的人說，妳搬不走的，就通通拆掉，於是皮膚黝黑的男人拿著鐵鎚把我的桌子、衣櫃、床架、書櫃，一聲一聲敲成木片和滿地的碎屑。

我是親眼看著的，我跟他說。離開那個房子的時候，天空仍然明亮，陽光從有落地窗的陽台灑進來，散落在滿地的泡棉上，那是我第一次知道，原來這間房子的採光這麼好。

其實搬不走的還有很多，只能任憑快樂的像酒精一樣在那裡揮發然後不見，傷心的則像是傷疤附著在自己身上，拆不下來只好帶著離開，有很多記憶隨著那兩個工人的敲打聲一一碾碎，再也沒有幸福的憑據，最後連一把鑰匙也沒有。

昨晚想著這幾天丟掉的與新添增的，還有今天的進度又應該是房子的哪一個角落，忽然覺得生活是很沉默的，從來不會跟我們討論該如何淘汰、該淘汰什麼，不會教我們如何承載現實的瑣碎和數不完的麻煩事，一路換過幾把鑰匙、開過好幾扇門，看似平坦的長大，其實翻山越嶺了百百次，才走到了今天的這個地方，移室移家，宜室宜家。

快樂難不是難在沒有快樂的辦法，
而是在越來越多時刻裡，
太清醒就會發現傷心無所不在。

和自己分手

天光誠實地變化，他盡可能欺騙自己今天的人海和昨天沒有不同。

那些細微的差別，他決定不去看見。

愛在很多時候都不能獨立存在，包括不愛以後，也許因為工作、因為某些不可抗力的因素，必須再次走上愛著的時候走過的路，他才看見自己狹小的心臟裡那麼壅塞的想念，竟收納不了現實的變換。記憶是活的，在生活裡沉睡，然後在夜晚醒來，說到底其實自己也是一頭無法返還的怪獸，必須這樣地被餵養著，甚至不知道是從哪一天起，沒有一點點的自我啃食，會無法入眠。

醫生說，你要早睡早起，於是他的床頭備著安眠藥，像怕違規的孩子。醫生說你要去運動，於是他每天慢跑，深怕有一天醫生告訴他你再也好不了了。難過的時候總會特別聽話，希望把意見放進口袋以後，就能變得比較好過。恢復熱忱地活著的方法，大概就是找到一件值得相信的事。

他在公園的椅子上待到黃昏，然後買了一個紅豆餅。第一次約會的時候，我們就吃紅豆餅，他說。你又想她了嗎？我問。不是，他說，早就不想了。那你為什麼要吃紅豆餅？我又問。這是分手的感覺，他沒有看我，他的側臉沒有以前那麼好看了，但我沒有這麼和他說。

是和自己分手，他說完又咬了一口紅豆餅，如果一個人不喜歡他自己了，就應該和自己分手，而不是推給生活，生活不是解藥，沒有那麼偉大。他這才露出笑容，房租水電、工作壓力和，他邊說邊指了指自己的心臟，精神壓力，一個人不能刻意去活成某一種樣子，他必須打從心底喜歡自己活著的方式，他說，那才是生活的意義。

有時候醜陋的自己就是自己的舒適圈，每一天都很長，都來得及做新的決定，每一天也都很短，短得讓人以為今天或明天再做的決定並沒有差別，其實差得太多太多了，他繼續說。

我想到他們分開的時候他也是在這裡待著，也是發呆了一個下午甚至更久。那時候他寫了這樣的段落：

我反覆收拾
你不喜歡的樣子
再反覆確認
從今以後
我也不會再喜歡你了

告別自己更不容易吧。看著他我忍不住這樣想著。有時候難受的是不知道自己什麼時候開始腐壞了，以為承受得起的，最後都碎成一地。告別你不喜歡的自己，等於給自己機會重新再來一次，他說。

八月的天色暗得很快，彷彿日子並不懂得什麼時候應該留下好看的痕跡，必得由人們去做一些只有自己看得懂的記號。我想起很久以前一個老師說過的：歲月不是催人老，歲月是給你機會選擇去成為你想要成為的人。

這大概是一生的課題，所有的困惑和解答都是過程，結論在很遠的地方，而自己其實並不一定得要迫切地抵達，僅僅需要盡可能地體會每一個階段自己的變化。我想是這樣的吧，如同所有告別，如同所有遇見。所有別過的和擁有的，和即將失去的。

我們若不知道該怎麼對待自己，
也會對於該如何對待別人感到束手無策。

她強烈的表情

他沒有表情地躺在角落，也沒有聲音，沒有眼淚。她在狹小的客廳咆哮著，他覺得那是他的應得，他甚至希望她打他，用力地打他，或是踢他，將他的小腿肚踢出一個瘀青，直至真正的破皮流血。她除了剛剛將他推倒之外，僅是咆哮。男人沒有花力氣站立，於是倒下。

「她揍我沒關係，是我賤。」他這麼說：「我不戴套，我就要爽一次。我賤。」他臉上的表情沒有一絲虧欠。彷彿女人和他是一樣的生物，他們只是在一樣的歡愉認知中共同獲得了無法負擔的結果。兩人都需要有所承擔。女人墮胎，男人挨揍。可是她沒有力氣打他，他倒覺得她未盡應盡之事，開始埋怨和失控。

錯誤的負擔並非僅止於道歉，對不起三個字雖然必要但事實上非常渺小。那天跟她聊起這回事，她說直到現在她都認為，道歉是必須的，但那之後呢，他是不是又這樣傷害了其他的人。人不能總是這樣，為了允許自己失控所以先說我有暴力傾向哦，前提從來不應該是任意而為的盾牌。

在陽光溫熱的台北街頭散步，我仍記得她說過的那句話：「他說，我都讓妳打了，妳還要怎麼樣。妳要不把我打死吧，我的命全可以給妳。」也永遠記得她邊說邊輕笑著：「他那賤命，誰要。我再也不會碰他，他要內疚到死，那才是真正的死。」

有些過於強烈了她的表情，於是很久沒有想起她。後來我們就失聯了，上個月吧，在某個餐廳碰巧遇見，我已經認不出她，她對我露出笑容：「太尷尬了，但都沒事了。」她說。「沒事了就好。」我說。

事情的堆積哪會在嘴巴上，都在眼神裡。看著她我便冒出了這個念頭。好幾回四季過去了，認不出對方也許好一點，就不需要再和那些事靠得那麼近。

我能決定什麼時候要想起你

前幾天做了一個夢，夢到你說你們相愛得很完整，你說，要走完這條路才算完整，在你心裡最好的時光已經結束。你說起這些話時露出的笑容很爽朗，在我所有關於你的記憶中都找不到相似的模樣，大概她真的在你最痛苦的時刻扮演了最重要的角色，於是你耗費所有精力、盡了所有心甘情願的努力，像是把殘缺的自己歸還給愛情最浪漫的部分，你才會愛到散了也不憾恨。

夢裡你開著車，是深藍色的烤漆，我們沒有約好要去哪裡，你只是在城市裡隨意晃晃，彷彿還記得這正是我喜歡的事情。以前我們會隨意地散步、隨意地騎著舊舊的機車鑽進小巷子，咕噥著人家的門牌號碼，偷看人家的陽台種了什麼樣的盆栽。那時候的時間很慢，所有細節都不得不浮現，街角的流浪狗或暗巷裡的紙箱。

這次的你是隨意地開著車，在人生的歷程中也許會被視為一種成就，但是我們已經看不見某些細節，仿佛有什麼東西催促、脅迫著我們必須換上宏觀的眼光去看見事情的全貌、世界的全貌——懂得越多以後，才會發現能留下的越少。又或是，我們其實都仍看得見，只是已經學會選擇性地忽略。比如你眼鏡下偷偷瞄向我的側臉的餘光，你想獲得我真誠的反應，想透過這種反應去確認我們曾經有別於一般人的親密。可惜我能給的只有客套的安慰，你都看懂了，你同時知道我們不能把它拆開，過去之於自己是禮物，之於彼此卻倒未必，已經沒有什麼必要的時刻是必得兩個人帶著綿長的情緒重提過去。很多話是有時效性的，錯過了可以被消化的時間點，再隱晦都算多餘。

忘了我是在哪裡下車的，記得是傍晚，車窗外的路燈剛好亮起來。要一起晚餐嗎，你問我。不用了，我說，有時候會比較喜歡一個人吃飯。你沒有再做其他的邀約。大概也是一種默契吧。你是知道的，在認識你以後，我學會了一個人吃飯。喜歡上這件事情對自己而言我猜是一種之於失敗收場的感情的叛逆，我將我們的感情看作是一場失敗，不是因為誰犯了錯，而是留下的傷心比快樂還要多。我叛逆地喜歡著這樣的歷程，才能說服自己，以失敗為名的任何一段時光，都已經得到安置，我並不失敗，因為我能以另外一種方式愛著我的過去。

夢境在黃昏的城市景色裡變得模糊，我甚至不知道夢境是怎麼開始的。有些時候會特別緊張，害怕世界太小，迎來的人海裡會有你的影子。還好都錯過了。人海原來仍是人海，當我們對人有情、對世界有所羈絆，才會看見自己記憶裡暫留的畫面從人海浮現。終於（就算在夢境裡）我也能自主地決定什麼時候要想起你、什麼時候要拒絕記憶浮現，終於我也擁有了關於失去的主導權，並且並不需要計較傷心。

一年又過去了

我忘記是在哪裡碰見你的，小巷子裡還是馬路邊。有一點難辨認，原來記憶也有血肉模糊的時候。沒有名字被真正殺死，也沒有時間被真正搗碎，但就是再也記不得了，剩下一片像有光透進來卻來不及聚焦的散景。怎麼就這樣都忘記了呢。不是太喜歡那樣的感覺，好像連和自己最親密的時光也一起失去了。

過馬路的時候發現自己已經開始想念冬天的冷空氣，冬天總是冷得所有情感都允許被埋葬，更令人安心的是似乎有一股不得不的力量在保護那些起伏的心緒，令它們不被發現。不知道該怎麼認清其實這些與季節無關，該怎麼認清其實你與我無關。快樂都飛走了，像候鳥一樣，在南境留下的所有蹤跡都不作數，只有頻頻望向天空的人會記得，一年又過去了。

離家

她在舊式的門前停下，如果時間停在這裡，孩子就不會長大，情人不會老去，時間不會堆積成揉不掉的瘀青，一切都會凝滯在八個字裡，現世安穩，歲月靜好。就像胡蘭成娶張愛玲時的心情。

那時候家門前的街已經被稱為古道，她說每天踩著泥土路回家，母親總是待在廚房，一家人在山的另一邊，炊自己要吃的飯、種自己要吃的菜，偶爾拿地瓜和別人家換米。她想像中的長大，沒有包含離家。

那一天她和母親吵得很兇，她要嫁進另一個村子，母親罵她沒前途，要進城才能有更好的生活，要嫁城裡的人才能離開這樣的一個世界角落。她走後就再也沒有回來，在另一個世界角落做另一個母親。那是她掙得的家庭與人生，她珍惜，並霸道地希望這些都是永恆。儘管每一日只是簡單地看孩子長大、炊自己要吃的飯、種自己要吃的菜、偶爾拿地瓜和別人家換米。

後來她的女兒一樣地離家了，走的時候哭花了臉，吶吶地跟她說，我不是覺得妳待我不夠好、也不是覺得和你們一起生活不幸福，但我要去掙我的家庭與人生。她沒有說話，只是抱著女兒不停地掉眼淚，女兒要進城，去完成她母親的想像。她不知道什麼才是最好的選擇，儘管擁有一個最快樂的選擇，也不可避免地會同時擁有這個選擇裡所有的不快樂。

舊式的街坊不再，小時候的泥土路已經鋪成柏油路，母親已經離世，母親愛著的小時候的她也已經消失，她很想告訴母親，當年她離開，沒有做出母親期待中的選擇，並不是因為不愛她，也不是曾經的生活不幸福，而是長大包含了離家，包含一種認清——這世上沒有恆常的擁有，只有恆常的失去。

輯三

把自己長齊

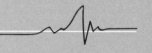

就算長成了一片富饒的森林，
談及海洋與天空的時候，也仍會有所未知，
那正是相遇相知、相識相惜的意義。

舊字典

近日對於「既定的」很有感。比如以前只是慢慢地學會對於某一件事情有著想法，那樣的建構明明已經特別謹慎，不是來自誰的灌輸或說服，而是自己之於生活環境的觀察，最後卻在更大的知識海裡發現，自己的想法儘管沒有錯，可其實一不小心就侷限了其他可能的出現，讓其他的可能很難親近自己、再次調整自己的思想。那些調整的過程其實最好玩，可若礙於自己一直以來太狹隘的心胸難免就失了那樣的趣味。

像是幾年前認識他的時候曾和他說，他宛如一個正在組織自己的字典的人，要怎麼編排、放什麼東西進去，都仍新鮮多變。要小心的是漸漸當我們把自己的字典編列好，若我們發現那些就可以讓自己活得還算平穩，往往我們就不會去修正它們了。帶著一本舊字典活一輩子，難免就查不到關於新時代的解釋。

偶爾我們追逐得太認真，曾忘了被磨掉的稜角在哪裡遺失，有沒有都被撿到、有沒有傷害到他人。我們太仔細吸收那些美好的事物、包括美好的想像，卻不一定有餘裕將它們在自己這裡好好地梳理與排列，不一定在最後就能清明地看見自己是什麼樣的人。

無瑕的布是未穿過的衣，
過於不願意被傷害而沒有體面的機會。

什麼時候可以快樂

今天去剪頭髮。約莫幾個月前就一直想剪但遲遲沒有去。

設計師說，妳現在的長度和捲度都很剛好，為什麼想要剪呢。不知道，我覺得自己現在不喜歡這個風格了，隨意怎麼剪都好，修短一點，肩膀之下，把之前燙的捲度都剪掉也沒關係，我說。

最後剪了一個輕快的及肩中長髮，雖然很是喜歡，但仍覺得有哪裡不合眼，不是髮型的問題。我在髮廊的廁所裡對著鏡子露出笑容或是沒有表情地看著自己，忽然想起幾年前和一個老師聊天。她說，三十歲以前那幾年，大約是二十七、八歲的時候，每天我都對自己不滿意，我試了各種髮型、染上各種髮色、穿上各種風格的衣服，但無論怎麼試，都覺得自己不好看，覺得世界上好像沒有適合自己的樣子、適合自己的位置。

後來呢，我問她，老師最後是怎麼找到自己喜歡的事物的。她說，不知道，可能就某一天，忽然覺得自己足夠了，帶著簡單的帆布包、穿上布鞋，想著回到家的時候要去公園遛狗，就覺得足夠了，那時候無論去到哪個場合、跟什麼樣的人說話，都開始有一股自信，不是覺得自己多了不起，而是知道自己有能力可以去面對所有未知的人和事，那一天起就覺得自己是好看的，我不是說外表，而是妳看著自己的時候，會覺得，嗯，這樣的自己還真不賴。

看著鏡子的時候覺得我好像在走她走過的路。儘管時代變換，儘管人們對於年齡的認知正一代隨著一代鬆動著，但有時候會想，大概也不是年紀的問題，而是恰巧那是一個節骨眼，離開校園，做一個在社會上流動的人，三十歲的時候，緩下心來往回看自己篩住了什麼、讓什麼流失了，那是一個知道自己還有成長的籌碼、但又害怕籌碼漸漸已轉為成本的轉彎處。

於是吧，開始不同於以往的心情去參與聚會，朋友的也好，家人的也罷。有一段時間，心裡會彆扭，不喜歡被問，妳交男朋友了嗎、妳要一直當作家嗎、妳未來還有想做什麼嗎、妳怎麼變這麼胖我差點要認不出妳了、妳好像過得很爽欸時間那麼自由。該怎麼回答呢，每一個問題，不知道，索性就找些藉口不去赴約，或是赴約了也偏向常態性的沉默。心裡彆扭，那些老朋友會用什麼眼光看我，那些曾經對我抱持不同期待的長輩會怎麼評價現在的我。在構築自我的過程裡，不是不小心，而是捨不下，最初拿著那些人眼光裡反射出來的模樣去認識自己，現在該以什麼來對自己做出解釋。

太複雜，太多了。太多時間被矛盾充斥。這陣子反倒厭膩起自己的這些反應，也許人家根本不在乎妳的這些那些，也許人家只是想單純地見妳一面，看一看妳，隨意地聊聊天。矛盾會累積，變成縝密的網，讓心變成困獸，撲通撲通地跳動，也只是原地呼吸。

這幾週見了許多意外的老朋友，約了我就去，不再找藉口。出門前看著鏡子裡的自己仍不滿意，但不想讓這樣的不滿意壞了心情，於是就想像自己是一個親切的人，在路途中聽一些抒情的歌，搭公車的時候專心欣賞風景。這些聚會都淺淺地，但結束時總是心滿意足。回到家後原本存在的煩惱並沒有消失，不過很高興，自己在應當的時刻有著應當的用心。

我想那也是長大中的其中一個命題：知道什麼時候可以快樂、什麼時候可以不快樂；什麼時候應該快樂、什麼時候應該不快樂。不是作戲，而是懂得分辨場合、分辨自己的內部與外部。讓它們儘管有所差異也是和諧的。在可以快樂的時候真心去快樂，便會感到幸運——那麼好，我竟然能擁有這些。其實就是懂得為自己做出適合自己的選擇。

看著髮尾剩下的一個捲度，設計師說那讓我能夠比較好整理。我笑著說了聲謝謝，我也許還會再來多試幾種髮型喔，我說。好啊，設計師說。反正我的頭髮長得很快，我繼續說。那就太好了，設計師露出可愛的笑容。

長得快一點，就有多一點機會能再去多嘗試幾次吧。所以幾歲都好，都要繼續這樣成長著。

大洞

渴求星空的人也許也深切希望自己是其中一個能達成別人的願望的人。發現自己的追逐其實錯了。在鏡子面前再看一次，何年何月，肢體已經比心靈還要陌生破碎。走不到的地方，都騙自己那不值得、都無所謂。慾望有時候就是匱乏，它挖了一個很大的洞，從來都不擁有翅膀的人，於是永遠住在裡面。

關於無知

「無知指的不全然是一無所知。」

「那是什麼呢？」

「是空洞的心靈卻填不進任何新意。」

擁有越多，

慾望越大。

選擇善良

「有一句話妳一定聽過，聰明是一種天賦，善良是一種選擇，我想這句話裡的善良所謂的選擇，不是捐多少錢做多少好事的那種善。有時候那可能也不一定是善。而是理解了別人的惡甚至是自己的惡，仍選擇善待造成這些惡的原因。」

辨認

自己喜歡的事情不被喜歡的時候，一開始難免失落。但仔細想想，那剛好分辨了自己與他人的差異，也剛好確定了，我喜歡著的就是我喜歡的，不是因為誰喜歡所以我喜歡，不會因為誰不喜歡而不喜歡。在艱深複雜又陌生的人群面前，那一刻是我背對世界，不是世界背對我。

不可以噢

你咕嚕咕嚕地說話
我細細地聽
裡面有一些地方我不會去觸碰
有一些意思我不會去困惑
等你帶我走過去
等你解釋給我聽
或等你把門關上

怎麼後來呀
只會為大事快樂
卻總為小事傷心
不可以噢
你儘管咕嚕咕嚕地說話
我會繼續細細地聽

潛伏在血液裡的不安，
有一天會隨著破皮的傷口流出去。

關於結論

很久以前的一個午後，我看著父親穿上汗衫，手裡拿著刮板在補牆壁上的洞，補完後他準備將白色的油漆塗上，他說這樣家裡的牆壁就會像新的一樣。和父親一起去買油漆的時候他跟油漆行的老闆說，百合白。什麼是百合白，我問。那是其中一種白色，父親說。原來油漆有分成純白、百合白、玫瑰白、象牙白。第一次知道所謂的白色竟然不只一種。我們的眼睛啊，看到的到底是什麼呢。

對某件事物進行概括和統稱是一件方便的事，偶爾能以此去解釋一些難以描摹、明說的物品或事件，或是人。為什麼你不喜歡艷陽天呢，因為陽光太刺眼。因為那天我跟他道別的時候沒有回頭。那些刻意沒有向他人吐露的碎片在轉彎時將衣角勾破，讓我們在擁有成熟的表情之後，仍有明顯的傷口。最後用「我現在很幸福」、「我現在過得很好」，概括「我曾經受過傷」、「我曾經很痛苦」。

不過單就結論而言也不能替它冠上偏頗的形容就了事。說的人走過的矮房，蹲過的台階與愛過的巷弄，是如何帶給他極大的情感反應，放肆地評議的人大部分都沒有經歷過。太方便地去喜歡一個人或討厭一個人，大概會就淪於太輕易就過度自信和自卑的過度簡化的心境。

那些文章裡、那些對話裡的最後一句話，關於結論，沒有人伸手指認的顏色早就都混合進去了。事實是我們愛的紫色裡面有我們討厭的紅，我們討厭的綠色裡面有我們喜歡的藍。事實是我們的眼鏡只能看清自己。不被他人左右的前提，大概是要先保護好自己的目的。因為身為人，迷人的地方在於能自主地將繁雜的世界觀簡化為口裡的一句話，而那也足夠駭人。

樹葉的影子，
像是大地的斑，
我的身上也有斑，
在自己才看得見的地方，
它們因為沒有照到太陽而生成。

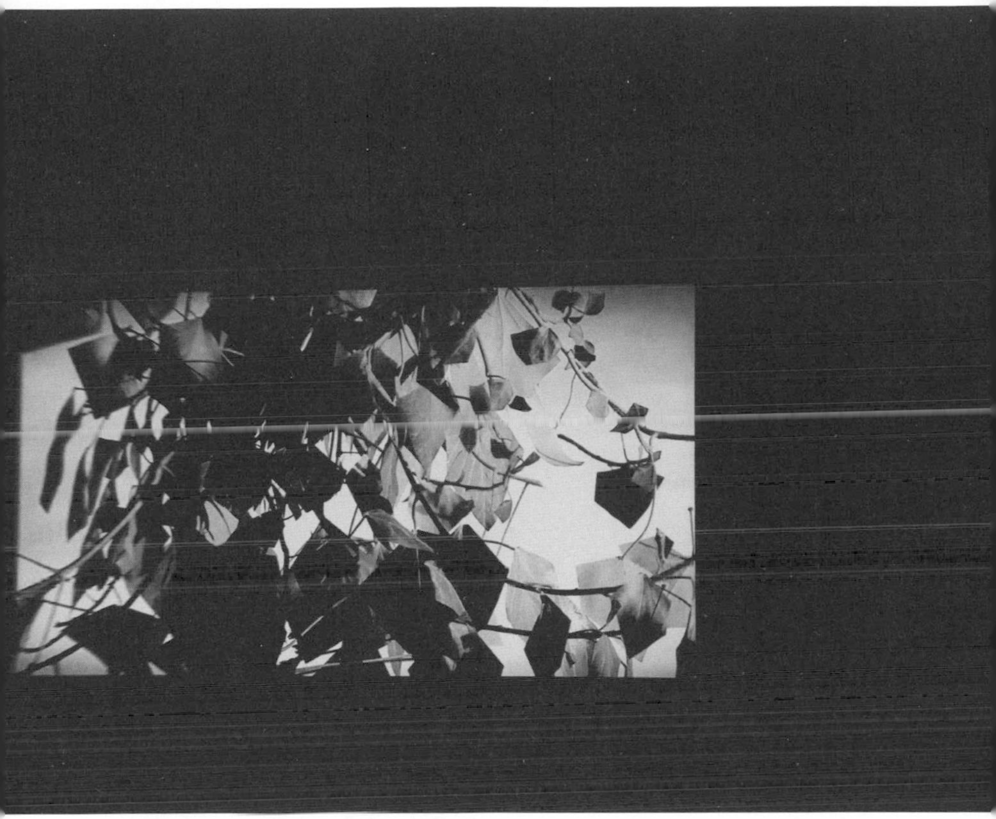

惡的循環

難得下雨，才發現已經許久沒有聽見雨聲，晚餐後走回家，走著走著便想起一個故事。

有個媒體大亨辦了無數腥羶色類型的報紙，憑著他的銷量與操作手腕，很快地他賺進了大把的鈔票，許多廠商都紛紛前來爭取投放廣告或合作的機會。某次這個媒體大亨經過一間百貨公司，他看著這個百貨公司的人潮，覺得這百貨公司的牆面很適合為自己的報紙打廣告，於是便命人去接洽。不過接洽了好一段時間，都沒有下文。媒體大亨覺得奇怪，便自行找到百貨公司的老闆。

媒體大亨說，讓我在你的百貨公司牆上放廣告，多少錢我都付得起。百貨公司的老闆說，我知道你付得起，但我不想賣你。媒體大亨問，為什麼。百貨公司的老闆說，因為我不想要流氓來逛我的百貨公司。

這是之前在上課時老師在課堂中說的故事，昨天無意間想起來。當然我們不能直指愛看腥羶色內容的人，或是容易因情緒性字眼、誇張的畫面而躁動的人都是流氓，這亦是一種偏頗。這裡想說的也不是金錢不重要，高尚的情操才必須要放在首位。故事的重點在於，你選擇觀看的內容，會影響著你去成為一個什麼樣的人，同樣的，你是一個什麼樣的人，就會偏好選擇吸收什麼樣的內容。

人是群居動物，社會由人組成，而人們所使用的軟體、所選擇的內容，大概就是可以窺知人的心地與習性的地方。金錢萬般大，人們不免俗地逐利而居，這倒還好，怕的是不自知地養成了惡性的循環，卻渴望善終。自相矛盾卻對著別人生氣，好辛苦呀。

做夢的權利

小時候跟自己說過一句類似這樣的話：不要因為活過的日子比別人多，就覺得可以對他人有所指點。不要長成那樣子的人。沒有以那樣子的「大人」為題，是因為有一段時間「你想成為什麼樣的大人」、「不要成為那樣的大人」實在是被說的太多太多，多得像是一種成熟的宣示——我說了這樣的話，就等於我做到了這樣的事（話語和行動的距離怎麼可能因為一句話就變得靠近呢）；多得像是會這麼說的人，必定是成熟的。人們口裡掛著的俗諺，通常只用於自己匱乏的地方，一部分自我勉勵，一部分自我覺察，一部分（希望那是很少的部分）自我欺騙。不是有那句話嗎，謊言多說幾次，就是真的了。雖然不想如此負面，但漸漸也發現所有事情的面貌都深不可測，偶爾需要適當地當一個悲觀的人。

那天和小單一起搭高鐵回台北，她說著前陣子聽到一群女高中生說要一起創業的夢想，她知道事情不是像那些可愛的高中生們所想的那樣，當她想要提出自己的看法時，她想起小時候在和長輩們聊起自己的夢想時，長輩們那張寫滿「妳不懂啦」的臉。

「然後我就安靜了，我意識到，自己沒有剝奪任何一個比自己年輕的孩子去和世界碰撞、去認識世界的權利，因為我知道她未來所要走向的世界，和我曾經走過的、我現在所看到的並不相同。」小單坐在我的左側，露出好看的笑容：「以自己的經驗對著比自己年輕的人們進行指點，與單純地和他們分享自己的經驗是不同的。」她說。

大概是想起與小單的談話，才想起了自己也曾有過的那樣的想法。必須繼續以此警惕，才能走去更遠的地方後，仍回得到原點，與那些剛從原點出發的人對視而坐。經驗的累積並無高低之分，若是陷入以為有所高低的陷阱，那麼所有經驗都會變成高牆，讓我們逐漸對於世界的樣態只擁有單一的解釋。

想記下這樣的心情。記得要適時地以自己的不足當作缺口，去作為和他人的扣連，那並不是自卑不是自我矮化，而是擁有更豐富的思想與生命經驗的機會。就像就算長成了一片富饒的森林，談及海洋與天空的時候，也仍會有所未知，那正是相遇相知、相識相惜的意義吧。

走去更遠的地方後，仍回得到原點，
與那些剛從原點出發的人對視而坐。

拔指甲

前幾天做了一個夢，夢到無名指的指甲要被拔除，好像是我沒有做到某件我答應的很重要的事，而我答應的對象是一個舊友，但我想不起來他是誰。他一會兒說要拔了我全部的指甲，一會兒說只要拔無名指的就好了，我不知道為什麼。後來他放我走了。他說其實他要的不是對我懲罰，若是他施暴於我，我想起的他恐怕會多一絲怨恨，而若是他什麼也不做，我想起他的時候，就只有虧欠。

虧欠會將一個人無聲地侵蝕，看向對方時，永遠會覺得自己矮了一截。永遠想討一份原諒，但其實原諒與否，都無法再將凹陷的自己長齊。

你無知得很快樂

你可以嗎
有時候心裡出現這樣的聲音
四周會暗下來
聽見蟬鳴才想起現在是夏季
你和別人有什麼不一樣嗎
夏季和冬季就不一樣
有時候會反覆地被問著
你並不獨一無二
你該怎麼辦

大多時候會先閉上眼睛
眼皮底下比四周還暗
人們的表情不如你
人們的成就不如你
你以為這是安慰
其實都是諷刺

沒有該怎麼辦
要不就期許天別亮了
睜開眼睛若能見到過去的自己
就不會害怕了
他在那裡發著光
因為他什麼都不懂

所以無所畏懼

你懂得太多了
所以脆弱
所以太想要有所不同

然後你再也無力負擔更多
你無知得很快樂
因為你已經變得驕傲
（但你不知道）

雜質

確實看見自己布滿不安的雜質，冒出許多念頭。厭煩那些相似的用字，可是為什麼長不出新的靈魂，為什麼缺口仍是缺口，為什麼灌進來的風會將我萎縮，為什麼下進來的雨只將我變得黏膩。不是也有養分的嗎，世間萬物，最骯髒的東西也能將細菌養活。心有不甘，卻又忍不住一股歡快，如果終於能夠區分了自己身上的雜質與否，是不是該如何剔除就不重要了，而是懂得對傷口謙卑——沒有人應該凌駕於傷口之上，直指那些千不該萬不該，都不該對於痊癒有完全的期待。

「妳不能對自己這麼苛刻，因為妳無法改變過去。」

「我也不能對自己太寬容，因為我還有未來。」

後會無期

1

咳了幾天，嗓子沙啞鼻音又重，很久沒有這樣生病。趁著身體無力把《琅琊榜》重新看了一次，仍和幾年前一樣，看完後意猶未盡又有些空洞，空洞的是因為在心裡角色已經是活的了，捨不得他們因為故事結束而消失。

心裡有一股溫暖的感覺，不知道自己是愛那些對白、愛那個翩翩的身影、愛演員、還是愛那些用字，例如「情出自願，事過不悔」、「他在我心裡仍是金陵城裡最閃亮的少年」、「今生一諾，來世必踐」，還是其實愛的是那種我也還未能理解、還未走到的生生世世。我感覺到自己心中是有愛的，比起第一次看的時候多更多，也更複雜。

看到權威故事已經會反想民主自由，看到戰爭已經會想到時代的嬗遞，看到私有妓院將女人玩死又會想到所有的物件、思想都進步之後人性始終如一，對性的慾望、對權的慾望、對利的慾望。以前活得淺，戲劇便是一個可以允許我滯留的小房間，現在彷彿在虛實之間有了更明確的分野，因為在自己的世界裡在乎的事情變得多了。但是仍然愛著，也許愛的就是故事這或假或真的迷幻，愛自己明明不屬於它，它卻屬於我。

2

走進便利商店的時候廣播剛好傳來王傑的那首〈一場遊戲一場夢〉，播畢後ＤＪ說，這是來自一九八七年的歌，一九八七年，你出生了嗎？如果還沒，那就把它當新歌來聽。我的心裡靜靜地。

每次聽到這些俗稱的老歌，就會想起父親和母親，他們都是愛唱歌的人，以前家裡有台伴唱機，每年都要去灌新歌的那種，可是無論灌了多少我們聽過的新歌，母親和父親唱的仍是那幾首。他們的時代仍在，只是對我而言已經過去、已經停了下來。把它當新歌來聽。那是我孩子般的時候無意識的心情，那時對我而言是新歌的，現在竟也成為憑弔記憶的依據了。對我而言我的時代仍在，但對千禧年後的一代，也許也已經過去。

3

睡前單曲循環鄧紫棋的〈後會無期〉，是有一段時間寫稿時常聽的。有些感覺悄悄地被挑起，被挑起後，才赫然為現在的自己感到慚愧，那時候對生活的企盼遠比生活的單純要多，現在反倒是生活的複雜遠比對生活的企盼要多更多。這是令人慚愧的。

許多時候會想，做夢的感覺是什麼，想要奮不顧身去做一件事情的感覺是什麼。奮不顧身是可以的，但不會是總是可以，就比如今天無意間看見起飛的飛機，才意識到我們都是在地上行走的人，若有幸俯瞰大地，也有降落的時候。奮不顧身後要怎麼緩下身為一件事情、一個念頭收尾，為自己的一個階段落幕，那和出發一樣重要。

大概是被起飛的快感給迷惑了，於是盤旋於著陸點的上空，覺得自己失去了航道，要甘於降落，才能為下一段旅程做更多的準備。

大概也是怕同一種感受重複太多次，怕其實是用愛著傷口的愛去愛和煦的午後，卻被誤以為沒有見過孤寂的清晨。像是那天他用一種我讀不懂的口吻說：「妳的家庭生活應該很幸福吧，才能寫出這些東西。」我不知道該怎麼解讀他，也不知道該如何解讀當下的自己。雖然他人的誤會也無需過度上心。但是該要高興自己還有那麼點天真浪漫嗎，還是該要感傷自己已經將傷口藏得那麼好。有些類似於以前寫過的，小時候受傷了就哭哭鬧鬧，而長大後，如果你不開口，沒有人會知道你受過傷。

總之是必須要學習新的事物了，比如真心相信初衷的力量能制衡嗔癡、制衡貪恨，比如將過去的自己推翻時，不是因為不愛，而是因為太愛了，於是必須以更寬廣的感知和思想去豐厚它。也比如許多後會有期，也是後會無期——因為當下只會發生一次，往後的每一次，都只是歪斜的記憶贗品。

透明

「像在對一個陌生的人證明，我過得很好。我把自己的顏色分給對方，這給你，我就算失去了一點點也沒關係，我也許曾這麼說。對方是無數的陌生眼睛。他們變得豐盈，而我漸漸變得透明。其實不是給出去的，而是世界本會將自己稀釋，而那些摯愛的人們會恢復自己的濃郁，如果我們願意的話。所有事情都要經過自己的允許，允許快樂，允許哭泣。

已經不再是那個事事都渴求共處的階段了，想要的其實是情緒被適當地發洩，想要的是誠實地承認自己有那些不甘、有那些貪慾。溫柔不是隱忍，而是誠實。僅管殘忍的也是誠實。一體兩面、多面，才是為什麼要誠實的最大原因。若不願意赤裸坦承，那麼將會被自己的複雜箝制。沒有一定要抽絲剝繭，但至少要避免淤塞潰爛，才不會為了堵住不想說的話，想說的也梗在喉嚨。若只得沉默人間，那樣並不算活。」

溫柔不是隱忍，
而是誠實。

久別

上次見他大概是幾年前，第二本書剛截稿，在北車的新光三越。這幾年都是這樣，有一次在W飯店的頂樓喝酒，有一次一起吃豬排，有一次一起聽live，這一次又在一起聽live。

每次見他都要喝酒，和他喝酒是有趣的事。他說以後可能不會每年來台灣了，他要去英國讀兩年書，於是這一次道別，我擁抱了他，帶著他看不見的一點點淚光。

他說他們一起認為，我始終沒有從那些地方走出來。可是真的能走出來嗎，我很困惑。我的身上有一些傷，疼痛的時候想要被擁抱，快樂的時候渴望被稱讚疤很漂亮。不是受傷的那個人真的能明白傷口在時間裡等待癒合卻年復一年被撕裂的感覺嗎。要說痛也不是，但那就是永恆，我刪不掉。於是我的表情變得冷淡，就像被他說中一樣，甚至開始防備自己。

我開始要抗衡的眼光再也不是遠遠的別人，比如讀者、比如市場和其他其他，而是身邊的人、親近的人。那種看向我的慣性是很僵硬的，總是找不到適當的反駁方式，也並不是真的想要反駁，更多的是發現在有些舊朋友的眼裡，我的變與不變已經與我自己所知道的不一樣了。

始終很喜歡這個朋友，那一個曾經失戀哭著打電話給我的大男孩，碰撞了深厚的世界，再也沒有清明的眼睛，卻仍清明地待我。

有時候怕自己被過高的自尊蒙蔽，而有時候又懦弱地想待在原地作繭自縛，假裝看不見的世界就不存在。真正的破洞不是那些他們口中或是自己口中的傷口，而是自己那脆弱得不堪一擊的自尊心。哪裡有真正純粹的心靈呢，從流血的那一刻起就永遠地髒了。

想到今天跟Ada說，我只是一顆燈泡，她卻是電池。世界上太多的人想成為燈泡，卻忘了真正重要的是電池。我們是一起決定我要成為什麼樣子的。要對抗的其實是自己吧，一直都是自己，所以才會偶爾痛苦，偶爾又快樂得不可思議。

最後他盯著我上車，直到再也看不見我。我想我會很想念他的。

他再也沒有清明的眼睛，
卻仍清明地待我。

相親角

「小姐，請問妳有朋友嗎。」一個短髮的婦人手裡拿著一本筆記本，眼睛直直盯著我。我有點被嚇到，有，我說。然後我避開她的眼睛，我知道她已經盯著我一會兒了。我知道她要問的意思是男朋友。儘管我並沒有男朋友。

這裡百分之九十九是五、六十歲的年長者，有男有女，他們各自坐在小凳子上，小凳子前面有一支傘，傘上面會掛著一張紙，上面是某個女生的資訊（通常是女生），和理想結婚對象的條件。那是他們的女兒，他們在這裡替女兒們相親。前來的可想而知是單身男性的家長、或是單身男性本人等。

逛了一會兒我忍不住感到，好多標籤，那些想像中的夢幻愛情在這裡碎成一地。不，是根本進不來。要求男方的學歷、經濟條件甚至身高和體重，同等遞出女兒的學歷、背景還有身高和體重。拚命地把好看的標籤貼出來，把普通的標籤抽掉。

真的是一個市集，我忍不住跟傑曦說，被買賣的是婚姻。儘管這裡沒有夢幻的愛情，但卻很實際，那些我們也放在心裡的、沒有說出來但可能存在伴侶選擇標準，他們直截了當地說出來了。有何不可，傑曦說。我也這麼認為。這裡其實只是很單純的有供有需的角落，標籤們組合成另外一種夢幻。

我想起曾有個女生在這裡做過一個社會實驗，內容大致偏向抨擊人們不在乎她的很多其他的優點、是一個怎麼樣的人，反而只以她是否擁有哪些標籤就下了無數她認為偏頗的結論。走出相親角時我忽然覺得這是件弔詭的事，為什麼那女孩要來到這裡去議論這些長者的需求（或是說他們的兒女們的需求），雖然我不確定是單純想討論這些人的供需情形，還是其實同時也把自己的價值觀、或是說期許世界應該要如何運轉的期待放了進來。

走出相親角的時候我想到《窮人》那本書在最一開始提及的正常性，大概的意思是，人會感到匱乏甚至是貧窮，是因為不滿足於自己身上原有的、應該的正常性，甚至會不斷地想把他人的正常性加諸在自己身上，那更會加劇這個個體本身對於貧窮的感受。如果這些方式和需求之於這些人而言是正常的，那其實沒有人可以去批評什麼，頂多討論和以基於想要理解而進行對話。

可能也像是幾年前和希慈去香港的時候，我總覺得自己表現得不好，那不是自己所擅長的，希慈說：「妳當然可以繼續待在自己的位置上、寫妳的作品，或是只選擇接觸妳善於溝通的人們和工作，但是妳要記得，世界上有很多人不是用這樣的方式活著，有很多人需要遵循的是妳可能不習慣、甚至感到不舒服的規則而前進並獲得他想要的結果。妳不需要認同或那樣選擇，但要知道有和妳不同的人，以和妳全然不同的方式存在這個世界上。」這也就是六月初去馬來西亞回來後更加確信的事情——這就是對話的必要，儘管我們不在相同的蹺蹺板上。差異應該要交給自己的是尊重而不是比較，儘管比較在所難免。

後來仔細再想想在相親角看見的他們列出的優勢、那些標籤，再一次想起曾和楊環討論過的，門當戶對所言的不是財力或那些可見的標準，而是這些背後的價值觀，越趨長大才能明白，感情裡的親密感很大一部分來自雷同的價值觀，那甚至是維持關係的粒線體，時不時製造出相愛相惜的能量。

不過若回到一開始，為什麼女生的資料會比男生多呢，為什麼父母總會擔心女兒嫁不出去呢。想想一部分可能來自父權思想，認為女生就是應該要出嫁、要找個好人家過一輩子，一部分，如果願意更柔軟地思考，可能吧，可能是希望自己照顧了大半輩子的女兒，能交給另一個信得過的人繼續照顧，那是父母最單純的愛了吧，一生都捨不下，孩子五六十歲了也仍是孩子。

啊，胡亂寫了一大堆。其實還有很多細微而敏感的衝擊，比如入境時我們竟然要走中國人民而非外國人的通道，比如只是跟路人閒談沒有支付寶很麻煩，路人便不諱言地說你看吧，統一不就方便多了嗎，兩岸就儘快統一吧。總和傑曦開著玩笑說終於來看看自己的祖國了，啊，原來這是我的國家啊。雖然，雖然身分的認同還沒有被建構完全，但緩緩地就有感，會知道那不是自己的國家、知道台灣儘管有南北差異，但會知道我們是同一塊土地上的人哪。

雖然只是自己單純的記錄，但太多的觀點不完全、可能有誤，也有些許爭議的問題。

上海好奇妙。也許等涼爽的十幾度的天氣自己再來一次，或是下次就直接前往雲南的瀘沽湖。

在你身上總能看見，
虔誠地面對生命的變換，
就能永遠有著清澈明亮的眼睛。

童年停泊處

木牌子上寫著「童车停泊処」，我正準備跟傑曦說，你看，好可愛噢，童年停泊處。才剛說完好可愛噢四個字，我就回過神來，那是簡體字，那裡一整排的嬰兒車，是童車不是童年。可是童年停靠處一直留在自己的腦海裡，覺得它很適合是故事的名字，或是一篇文章的篇名。搭返程的地鐵時我一邊看今天的照片一邊修圖，覺得可能迪士尼就是很多人的童年停靠處呀，上岸之後被迫學會在人群裡行走和說話。只是我的童年好像從來沒有在這樣的城堡旁邊停下過，不曾有公主夢，也總是不敢在完美的故事面前表現得太快樂，怕知道完美的故事是假的，快樂也就會是假的。

不過一路上想著今天在迪士尼裡玩耍的種種，仍覺得非常開心。小時候快樂的單純在於並不了解太多其他，長大後快樂的單純不在於硬是逼自己避開壞情緒，而是難過的時候認真難過，快樂的時候認真快樂。

難過的時候認真難過，
快樂的時候認真快樂。

皮囊

游完泳坐在那裡吹頭髮。鏡子裡映著兩個光溜溜的女人，一個女人全裸，左手拎著淺綠色的毛巾，另一個女人則是裹著淺藍色的浴巾，她們看起來像是一個搭配好的組合。從身體皺皺且下垂的皮膚目測，她們看起來也許有五、六十歲。

藍色浴巾的女人談起某一層樓的鄰居女人：「她的丈夫都不管她耶，就這樣給了她兩間房子。」我看不見藍色浴巾女人的表情，但應該有一些羨慕和嫉妒。

淺綠色毛巾女人回應道：「我跟妳講，那是她先生賺得夠了，妳怎麼知道她先生在外面有沒有女人，看起來幸福的都是很辛苦的。」

藍色浴巾女人又說道：「那我們又怎麼知道她那兩間房子做什麼用去了，聽說一間租人，一間空著哪，搞不好養了小白臉。」我的吹風機轟轟轟的，但她們的對話還是很清楚。藍色浴巾的女人繼續說：「而且我看她都沒有在運動，也不忌口，總是吃外食，她先生不管，她自己也不管啊。」

淺綠色毛巾女人揮了揮拎著淺綠色毛巾的手說：「人家搞不好就圖這種啥也不用多管、啥也是不用多想的生活，搞不好她就是好不容易，終於可以啥都不管、啥都不想了。我還是覺得她應該是辛苦的，妳看，好像沒什麼人看過她先生餒，總是只有她，小孩子也都大了、搬出去了。」

「房子都有了怎麼會辛苦呢，還有人養著呢，她太幸運了。」淺藍色浴巾女人緊接著反駁。

我的肚子咕嚕咕嚕叫了起來，吹風機的聲音仍在那裡響著。從鏡子裡看見裸身的她們倆，竟覺得陌生且恐懼。我在這裡想要追逐一副皮囊，而她們的皮囊已經不再是最重要的事。忽然覺得，跟一個年輕的靈魂說，未來有更多比外表還重要的事，這沒有不對，但是也過於嚴苛了，因為每一種年紀都有它適合的、應當的追逐。

只是皮囊之外，似乎人身上看不見的地方，才更尖銳，而且這樣的尖銳，會活得比皮囊更久。所有的比較都是為了讓自己好過一點而已啊，興起比較之心的那一刻面孔是多麼刻薄，但又同時能看出她對自身現況的不滿意，在無可奈何的縫隙中，她找到了可憐自己的方式。只是不知道她知不知道。

在等著和妳碰頭呀

有些傷口是記憶，它會綿長地纏繞一生。有時候必須要相信，痛苦在身上鑿的洞，愛會在裡面開花。而有時候什麼也不須要相信，單就一種之於疼痛的害怕，就會令人永遠沉默。不敢多拿任何命運裡的一點什麼，因為怕有一天終要歸還。愛的樣態太多變，多得令人折騰，還無法認清。不敢寫太多，開始畏懼所謂信任，但永遠會這麼相信，有一天妳會獲得最大的幸福，因為那是妳的應得，妳這麼這麼可愛呀。把很多年前回家的路送給我們，至今那條路已經陌生，家也是，但終究有其他的收穫，生命還有很多美好的事物在等著和妳碰頭，一定。

街頭連署小記

今天花了一點時間跳著看最近熱播的古裝劇，搭配著分集劇情的文字版終於看完了。老師說一般考研究所是要關電腦戒手機的，但傳播所相反，哪裡越熱、越流行你越要往那裡跑，看看到底是在熱什麼。

這陣子也熱衷於同婚納入民法的公投連署。昨天站在市府二號出口，我不太懂得怎麼呼喊口號，於是我跟一個工作人員換工作，我攔截路人簽連署，不知道被拒絕了幾次，但一個半小時也蒐集到大約三十多份，每一個經過的人我都會問。

越來越了解社會的運作系統為什麼會如此龐大卻籠統，為什麼要有法律、為什麼要修法、為什麼要走上街頭，推動這些也許要靠一時的熱情，但其實要顛覆的是很多人長久以來所受的矛盾，熱情不會持續，態度才會，就像行為是一次性的，態度卻是扎在心臟上的，比起行為，那是最難改變的，簽署了一次，沒有改變這樣的意識，這樣的社會運動只會繼續下去。而其實社會的變遷本來就無法一蹴而就。

晚上把古裝劇看完後，在APP上玩了幾張變裝圖，看著我的臉在手機螢幕上變妝、穿上古裝，覺得大眾文化其實也挺有趣的。今天在思考的也是，這些熱議的東西，連署也好、古裝劇也好，總有一種人們深沉的表演慾，有些人是複雜而單純的，有些人則是複雜而聰明的，那截然不同，聰明的人也許是蹭熱度以加強（或提升）自己的形象，而單純的人在捍衛某些價值；不過他們並不完全對立，無論如何，至少是有了這麼多樣的人們關注著，才讓這個價值從思想變成行為，甚至有機會變成朋友。

讓嘈雜變無聲

人會痛苦是因為在面對世界的時候，把世界放在自己的前面，覺得自己永遠是要往前奔跑的那個人，覺得有一個遠方必須抵達、有一種善良必須發生在自己身上。這樣的狂奔其實更像跳水投湖，被八卦勒緊脖子、被他人的耳語綑綁四肢，閉氣以為就能忍過去、能看見更深的世界。最後我們像是塵埃一樣沉澱下來，不是因為變得優雅，而是已經無力掙脫，只好歸順。

坐在鬧區的椅子上，我忍不住擁抱了他。我說，謝謝你知道這一切都不容易。我有點想哭。他也擁抱了我，我終於知道優柔寡斷會傷害身邊所有的人，包括自己，他說。所以在這之前，我們要把自己的感恩和珍惜傳給對方，讓那變成事情的轉機，我說。

「可是應該要怎麼做呢，要怎麼樣才能向對方表示自己的感恩或珍惜？」他問。

「把你遇到的難題提出來，彼此之間的，你自己但也許會影響到對方、影響到現況的，向對方提出來。我覺得真正的感恩不是說無數次的謝謝，而是願意一起解決問題。」我說。

所有的路都是辛苦的。不能總是想著該怎麼走好一條路，至少要有無論多顛簸都願意走完的心。有那顆心，就沒有任何人能限制得了你了，我說。

我們再次淺淺地擁抱。那一刻我想起S說過的「讓嘈雜變無聲」，原來意思是學會掌握自己的情緒和脾氣，在失控的世界面前，請把自己放在前面。

營養罐頭

七月底時和張凱一起買了一台投影機，前幾天才跑去買可以轉接到手機的線，將沙發旁的書櫃空出一個位置，高度、水平調整好，就實現了幾個月前我們搬進來時嚷嚷的家庭劇院的想法。那時候自己刷油漆，張凱還特別努力將要用於投影的牆面刷得雪白乾淨。

我們興奮地邀請其他妹妹也一同坐下來，要看什麼呢，大家面面相覷，我拿出我的電影片單，長長一串，從這裡選吧，我說。至少有個頭緒。晚上我們一起看了《猩球崛起》，隔天下午則看了《摩天樓》。忽然之間就迷上了一定要與這台機器有所互動的過程。要看什麼呢、要看什麼呢，無數次在我的腦海中、在我的口裡響起。零散的時間甚至看了眼球央視、Super Y的說書影片、可愛的動畫Larva和許多的得獎動畫短片。

妹妹笑著說，真的是當電視在看。對啊，我也笑了。一個遙控器就能開機，手機連上後不到十秒白牆上就會出現影像，想要看什麼影像可以自行揀選，一切看起來都非常完美。

成長記憶裡有一段時間是家裡有著電視，比如每個週間的晚上六點會播哆啦A夢，每集十五分鐘，每次播兩集，然後六點半要轉台看兩津勘吉；每個週末晚上七點則有小魔女Do Re Mi，連續播一個小時，但是是不同的季別。除了這些以外的時間，除了偶爾的週末下午全家會一起坐在客廳看頻道既定排程的電影之外，父親和母親幾乎不讓我們看電視。母親甚至說，要看半個小時電視，就要先看半個小時的書。電視在我的印象裡，是隨機而花邊的，除非有鍾情的節目，像是當時深深吸引我的小魔女Do Re Mi，不然多數時候它的消遣功效都會重一些。在想著「要看什麼呢」的時候，腦袋一片空白的時間很多，若沒有記錄待看片單的習慣，恐怕在想要看什麼的時候會磨蹭掉許多時間。

我想到以往透過許多演講分享的，自己對於網路時代的看法，我以淺薄的經驗出發，以往使用過的網路社群如奇摩家族、無名小站等，使用者在搜尋有興趣的資訊時是主動性較高的，我要主動記得喜歡的家族名稱、記得喜歡的部落客的帳號，我要主動點選之後才會出現我有興趣的內容，不過現在的**Facebook**、**Instagram**等，使用者來到了被動的姿態，不需要特別記得，按下一次「追蹤」，便能夠出現在所謂的「個人首頁」中。當然演算法改變，並非所有的都會出現，但是搭配出現的，就會是自己互動性較高的相關廣告貼文。總地來說，我覺得使用者在網路世界中從主動變得被動了。

去年某次上課，老師在課堂中提出了相反的看法，老師說，閱聽人是從被動變得主動了。透過傳播媒體演化的歷史與傳播研究的各式成果累積，我完全能理解老師的見解（即：以前的人們偏向媒體發送什麼消息就會完全相信，但事實上人們是有主動性去選擇相信自己想相信的信息，而非會完全相信媒體播送的內容），但是我想不透自己的想法出了什麼差錯。

直到最近買了投影機、開始對於自己空閒時間所要吸收的媒體內容要有所選擇時，我才發現了自己的盲點——過於仰賴資訊吸收的便利性與煽動性時，其實也將自己應該思考什麼（what do I think）、應該如何思考（how do I think）的決定權交了出去。也許交給媒體，交給媒體背後的人、背後的商業目的、政治目的。

我的盲點最嚴重的地方在於，每天每時每刻幾千幾億條的訊息在播送著，誤以為沉浸在資訊世界的我所要觀看的內容早已被編排好了，事實上是我始終都擁有是否要吸收、是否要另闢訊息接受管道與方式的權利。在資訊時代裡，看起來是訊息轟炸般地走向人類，其實是我們走向世界。只是我們有沒有發現呢。若乏於思考，那麼我們只是長得一模一樣的罐頭食品，不知道會被誰吃掉，但自以為擁有著豐富的營養（訊息）而感到滿足甚至自豪。

也許是對於最近的種種亂象有感，就算是瑟縮在一角，也感到恐慌。能做的很少，但是希望時時提醒自己，做一個有意識的人，做一個能掌握自己手上的選擇權利的人，在混亂的資訊裡，在混亂的時代和矛盾裡。

隱私權

今天穿太少出門，晚上好冷。最近上課和讀書的時候都覺得輕飄飄地，好像抽離了各式實際的層面。怕自己成為高談闊論的人，卻又被好多學理和思想吸引。比如喜歡關於隱私權的這一句：Privacy is the right to be alone.

「我們不需要時時刻刻是這個世界的一部分。」老師這麼說。

好喜歡哪。太理性的知識偶爾就讓我用感性的方式消化吧。畢竟痛苦大概是必然，穿梭在人海裡，有時候覺得自己是失去線頭的細針，不知道能織起什麼，卻看見自己不斷地將他人刺傷。那種傷心不至於會惹得半夜大哭一場，卻會在日常裡一直扎痛自己。

文人風骨

其實根本沒有什麼文人風骨不風骨，都是拿一個自己想像的高帽子往頭上戴，再拿一堆自己產製的標籤往別人身上貼。真正重要的不是職業，而是一個人的道德品行。與文人無關，也與不是文人無關。

關於使用

社區的游泳池壞了，天氣也逐漸轉涼。有點忘記去年此刻的自己是怎麼過的，有喜歡的人嗎，有什麼願望嗎，有什麼煩惱嗎，甚至就連去年冬天的溫度是什麼感覺都好模糊。

在社區閱覽室寫稿的時候遇到一個婆婆，她請我幫她將電腦螢幕上的小鍵盤找出來，因為她的電腦鍵盤上沒有注音符號的圖示，只能以螢幕的鍵盤去輸入她要的字元。後來她要走的時候經過我身邊，她問我，網路是安全的嗎，我有些聽不懂，她看我露出吶吶的表情，便繼續解釋她的意思是利用網路去搜尋資料、瀏覽頁面，這些足跡會不會被別人拿去做不當使用。我有些無法解釋，只是回覆她一些中性的描述。

今天唸書時讀到學者Levy和Windahl提及，關於新傳播科技（比如網路）的互動特質中包含了「選擇」、「涉入（感）」、「使用」三種關係。其中讓我忍不住反覆思考的是「使用」，使用在這裡要表達的是人們透過使用這些傳播媒體來獲得自己的社會需求和心理需求。這幾年網路帶來的改變，起先似乎只是透過網路的使用讓我們部分的社會和心理需求可以被滿足，後來變成了，為了要讓我們絕大部分的社會和心理需求獲得滿足於是我們不可自拔地使用著這些傳播媒體。

我覺得這是可怕的。比如我也感覺到了自己的變化，以前的筆記都是寫在一本本筆記本裡，直到前陣子，我都還是習慣隨身攜帶筆記本，說真的沒有那種所謂手寫或翻書才有溫度的那些常見的感慨，單純就只是習慣而已。在習慣一件事的時候，其實並不會有太多情感上面的意識或分析，大概都要等舊習慣逐漸被新習慣取代，才會慢慢有感。現在我的筆記有一半已經電子化，雖然在做筆記的初期階段還是會以筆記本為主，不過最終的整理都會回到電腦上。

以前不信任這些機器，現在是不信任自己。

彷彿已經不可逆了，我們之於這些已經不太算是新的東西，網路、平板、手機。有時候會覺得既空泛又真實，這些像是我們的體外器官，成為我們意識和行為的延伸，卻又比器官更脆弱，隨時可以被剝奪、隨時可以毀滅，也比如在各式社群平台上面的帳號。那麼人們一窩蜂地簇擁的到底是什麼呢。當它成為絕大多數人所認識的常規，在平凡的生活裡，似乎就不足以重要到成為煩惱甚至花心力思考了。雖然我還是好奇，同時也很恐懼，我們所認為的正常與那些理所當然的背後，是不是住著一隻怪獸，我們每一天的網路行為都是牠的糧食，年復一年日復一日地將牠養大，直到被牠吞噬。

一個行為與行為背後的事情，如果我們能夠多想一點點，會不會有些理所當然就會因此出現裂痕，讓我們有機會從中找到反思的機會，如此一來，便能對於這個時代裡無法避免的、那些漫天飛舞的混亂資訊擁有揀選和分辨的能力。不知道是否可行。

窗

昨天接受一個電話訪問，對方問我，很多人都會抨擊你們這一代寫的短又膚淺、沒什麼內容且都是小情小愛，妳怎麼看這樣的批評。以前這種問題像是考古題，都有一個口袋答案，比如說自己本來就只能寫現在所想所感，又比如說每一種文類都會照顧到不同類型的讀者。當下也簡單這麼回覆了。

不過因為想到最近熱議的同溫層和台灣社會情境，我忍不住說，其實這種批評某種程度上我覺得蠻好的，因為表示這些人除了關注自己舒適圈以外的東西，偶爾也會看一下社會上其他人在做什麼，批評只是一種反應而已，重要的是這種相互觀望的開始，才會有相互理解的可能。所以撇除純粹的惡意抨擊，與自己相左的意見雖然會帶來疼痛，但也帶來一扇窗。

大人的遊戲

這陣子一頭栽進假新聞的各式新聞與評論的閱讀，跳脫以往閱讀一些軟性的文章，發現自己竟可以長時間待在一角落讀這麼硬的東西，上次這樣大概是高三唸書的時候（噢，高三中間還有下課休息）。

看著各個國家增修的法案，台灣的各種權力人士，學界業界提出的各式意見，覺得大人的世界其實就和孩子一模一樣啊，玩著利己或利他，或是共利的遊戲，只是小朋友在遊戲結束後無論輸贏都可以去吃點心，大人玩贏的有的改變了經濟、有的影響了法律條文，而玩輸的大概就是變成不甘心的普通人。而多數時候，面對這種零和賽局（但其實是有雙贏的可能的吧），人們逐漸把輸贏看得比公共利益更為重要——一個人想要的逐漸不是所謂的將世界從某個狀態轉換到另外一個較好的狀態的那種改變世界，而是將自己不喜歡的樣子轉換到自己喜歡的樣子的過程而已，中間包含自己所獲得的無論是財富或閉門羹，或是舉世皆有的孤獨。

其實個人利益與社會利益一直都有著極端分歧與重疊的部分，可是平衡點到底是什麼呢。

覺得人好複雜呀，只是複雜大多時候不是來自單純的心被經驗裡的所聞所見消磨，而是自身慾望在時間的長河裡汩汩而難以回逆地叢生。

因為明天還是會肚子餓

這幾天每天睡前都在看杉田俊介寫的《宮崎駿論》和吳爾芙主要在探討小說、小說人物以及如何閱讀小說的散文集。被宮崎駿的原點打動，戰亂與罪惡感，夜裡滿城的大火燒得像是白天一樣亮，這些在他的作品裡都看得到影子。然後就想起吳爾芙寫的，（大意是）用別人的時代作為自己的書寫，那是用錯了工具。每個時代有自己與他人產生連結的方式，那要由寫者去發現和創造，而不只是拚命地依循前人。

我們的難是什麼呢。我在讀《宮崎駿論》的時候冒出了一些畫面。那彷彿是不能寫的，但那些畫面卻忍不住地冒出來——

一個男人躺在床上，他的體態乾癟，

被子是紅色白色混雜的花色，類似傳統的客家被褥。他喊來正在做飯的妻子。他不滿上街遊行的學生。他以一種埋怨的口吻說道：「安逸的人們憑什麼隨便地決定明天要煩惱什麼呢。」他覺得自己離安逸很遠，不知道是因為他肚子餓了，還是因為他的孩子要出生了。妻子只是皺起眉然後離開，妻子的肚子有二十八週大。

我們不能只將自己貫徹在某個地方，那太巨大，成為世界裡的塵埃，不如成為自己生活裡的塵埃；不如隔絕、拒絕——「自由與民主，不能餵飽我、不能餵飽我剛出生的孩子，便不值得我犧牲。」他又繼續這麼說。妻子走了進來，只說一聲，到底要不要出來吃飯。

他這才將鬧哄哄的電視關上。明天還是會肚子餓。明天還是不自由。在狹窄的生活裡。那些高談闊論的人追求的東西，聽起來太珍貴，他彷彿不配擁有。所以他認為自己也沒有為此挺身而出的必要。他不知道自己擁有什麼，於是也不知道可能會因此失去什麼。

其實也不太確定自己腦海裡浮出的這些畫面的重點。可是想要盡可能抽

離地去寫另一個陌生的人。把他的生命攤開，與自己共享。想要那樣地去寫，
而不只是停在自己這裡而已。

他不知道自己擁有什麼，
於是也不知道可能會因此失去什麼。

偽成人

故事是這樣的。

四十幾歲的她遇見了五十幾歲的他。

年輕時她只有過幾個蜻蜓點水般的交往對象，而他離婚剛滿三年，他們很快地陷入熱戀，論及婚嫁，但她的母親強烈反對，說不上原因，母親就是不喜歡他，可能他來自單親家庭、可能他脾氣壞。她的父親沒有意見，但是沒有意見等於沒有表態。於是他們短暫地在一起，然後走上了長長的分別路。

這些年他們一直有聯絡。她認真地賺錢，沒有靠任何人，沒有新的交往對象。她說，她等。雖然不知道要等什麼，等時間或是母親的首肯。但她願意等他。後來母親生了重病，她帶著罪惡感的有那麼一絲絲希望母親能離世，同時又希望母親能留下來。她的弟弟明爭暗鬥地想要拿下母親所有的財產，她不要金錢，她賺得夠了。若等不到他，她希望母親能永遠在自己身邊。那種矛盾令她痛苦。她不要什麼都失去，好不好至少留下一個岸，讓她能在生活的風雨中停靠。

母親還是離開了。她帶著傷心又開心地想找到他。在找到他以前，她辦了退休手續，年近六十，她說，我想把剩下的時間都留給他，我想和他過日子。退休後同事幫她辦了歡送會，她第一次喝醉，想著最好的日子要來了。

那晚她喝得站不穩，另一個部門的他貼心地說可以載她回家，她答應了。然後她被載去賓館，那一晚沒有人回家。她醒後還來不及哭，就先徹底崩潰。她說她守身了一輩子，第一次要給最愛的人。他說對不起，我太愛妳，愛了妳太久，再也忍不住，對不起。然後他開始頻頻地追求她。

她想起那個她最愛的人，打了通電話問他，你還愛嗎。十三年啊。還愛嗎。時間裡有那麼多的變換，他早已有了新的女朋友。我知道了，她說。我們錯過了十三年，十三年就是一生。

母親的葬禮上她在弟弟面前簽字放棄所有繼承。她說，我什麼都有了，我有了這輩子花不完的錢、我有時間了。但我也什麼都沒有了。母親沒有了，他也沒有了。

聽著這些故事的時候我忍不住一直看著窗外，沒有辦法直視任何人的眼睛，那裡面有我不想看懂的悲傷。

沒有辦法想像的是他們都是年近六十的人，仍有狼性、仍純粹地一心只愛一個人。那是人的樣子嗎，回家的時候我一直在想。自己是不是過於把年歲看成太重要的標籤了，成人也許就不會如何如何、過了多少歲的人應該也懂得什麼什麼了吧、都幾歲的人了怎麼還如此如此。可怎麼好像不是這個樣子。時間並不保證給予我們成熟懂事。有些事情在活過的時間之外，無關乎年齡，它就是我們身而為人，嵌在自己身上的東西，好比有些人是善良，有些人是懶惰，有些人是執著地等待，有些人是慣於趁人之危。

這些是之於社會角色之外，之於生活的種種身分之外，卸下所有外衣與可見的一切，人本來的樣子。

我想起《童年的消逝》裡頭引用的《文明的進程》裡面的一句話：「開明文化的其中一個特徵是：性慾要受到嚴格的控制。成人須承受巨大的壓力把他們的各種衝動私密化，尤其是性。」它說學會管理自己的各式本性帶來的衝動（某種程度上就是一種社會化的過程），才能稱作成人，不然都是偽成人。當時與朋友討論時我們打趣地說，那麼大多數的人都是偽成人啦，成人真是高門檻。

忽然間覺得自己對於年紀的認知是很魯莽的，無論是以年紀認知他人還是自己。追求幾歲要做到什麼事情、達到什麼目標，充其量是給自己的期限，與世界無關（雖然總不免俗地會與社會的刻板印象抗爭），於是那些幾歲就做到什麼事、幾歲了還能做什麼事，屏除物理層面的肢體能力以外，在這些表達驚訝的言語之後興起的對於那個人的想像，其實都太魯莽了。

前陣子頻頻提起自己的二十五歲，現在想來也稍微有點可笑，其實要面對的從來不是年紀，而是自己身而為人的樣子——未來身而為人的樣子。我們所說的，想成為什麼樣的人，其實指的就是那個樣子吧，那個樣子在生活裡、在時間裡，儘管只是即刻起，都有可能可以改變和發生。原來生命裡諸多的樣態需要的並不是汲汲營營追求，而是需要自覺。如果我也有那樣一生與共的樣子，希望是明朗而清淡的。

如果我也有那樣一生與共的樣子，
希望是明朗而清淡的。

後真相

「承諾也是一種預測。當承諾者是可靠的對象或組織，這個承諾就會被視為真相。」——《後真相時代》

今天在看這本書，讀到這一句的時候我想起曾經的一段感情經驗。在我們決定要將這份感情結束時，他和我面對面坐下來，準備好好地說些話。他問我，會不會對於那些他所承諾過的，因為不可能達成了，而對他埋怨。我告訴他，不會。這是實話。他又問，為什麼。因為我相信你在給出這個承諾的當下是真心的，你並沒有想要欺騙我，我告訴他，感情本來就存在著不確定性，生活也是，不確定性是所有事物都有的必然，我不能以永遠來要求你。我有的感覺至多是遺憾。他沉默了很久，彷彿才忽然發現原來我是如此悲觀地看待承諾，他卻在好長一段時間裡都把那當成信念一樣地相信著。

我喜歡句子裡的「視為」這兩個字，那表達了一種相信。因為當時我不知道該怎麼告訴他，我的悲觀裡仍有著和他一樣熱切的相信。只是把在感情裡的真相，是必須一起承擔「承諾只是一種預測」而已。

其實這本書不應該這麼感性地去讀（而我也還沒有讀完），不知道為什麼在小角落聽著雨聲，讀到這句話時就自然地把它抄進筆記本。整本書在表達的是更有意思與意義的事情（比如新聞中的真相是什麼）。想到剛剛在瀏覽Facebook的頁面時看到一個朋友的動態寫著：「活到一段時間，就會發現人生到頭來都是愛情的隱喻。」大概是這樣吧，所以也就允許自己帶著慣有的感性去讀這樣的書。又或是，可能愛情是最普世的情感，於是以此為投射便能像是以入門的方式去看待更深邃的知識與人心。

小記錄一下今天的小感。晚安。

伴

「我們不能要求伴侶符合、成為每一個自己所需要的角色。」這是今天聽到最動人的話。她坐在我的左側，聊著彼此戀情的起落。

我和她說，自己好像變得比以前還要難進入一段關係。可是，她說，那是因為我們誤會我們愛的那個人應該要是最了解自己的人，但不可能啊，我們都有自己的人生，伴侶的伴是作伴的伴，伴就是伴，不是另一個自己，所以不能要求關於自己的事情他必須什麼都懂。看著她說話的樣子，忽然好像也了解了一個朋友曾經說過的，後來想要的伴，不一定要和自己一樣把生活挖得很深，不一定要懂自己也懂的一切事物，待自己好，而自己也同等甘心地待對方好，說話的時候感到自在，那樣就好。

和她一起坐在公車亭等著公車，想起很多年前和他一起散步的那個午後，那時候的我們怎麼會明白那麼平靜的日常，也會有遺憾。對於愛的模樣自己仍是一知半解，但也並不渴求任何機會去一次將之全部看清，就溫婉地走吧，或是溫婉地離開或藏匿，自己的心事與情感，相信終有一天能被溫婉地凝視和擁抱。

愛有時候不是被別人、
而是被自己的稜角給消磨掉的。

比

大人們的話題聊到繳稅，近一兩年開始報稅的我彷彿也才終於像一個大人。

嬸嬸說，來，我跟妳說一件事，妳可以寫進書裡（於是這個故事就在這裡了）。

五月報稅的時候我在百貨公司的電梯裡聽見三個太太在對話，第一個太太說，唉，今年我們的生活實在是辛苦，我先生繳稅繳了兩百多萬，第二個太太馬上接話，我的生活才辛苦呢，我老公這次的稅繳了三百多萬，第三個太太聽聞後只是輕輕皺眉，然後緩緩地說，妳們哪有我們家的生活辛苦，我先生今年繳稅繳了七百多萬，家裡能用的錢更少了。我的腦袋一時還轉換不過來，多少金額的百分之五是七百萬，啊，不對，百分之五是我的級距，不是他們的。乾媽聽完後看著我說，妳知道這個故事的名字叫什麼嗎。我搖搖頭。比，就一個字，比較的比，乾媽邊說邊伸手在空中寫著「比」字。我睜著眼睛看向乾媽和嬸嬸，認同地用力點著頭。接著乾媽又補了一句，有些人一生都在比較，那才真正辛苦。

席間一直不斷有種模糊的感覺，更小的國中、高中堂弟堂妹的話題已經有些加入不了，以前總是和他們打打鬧鬧，現在則變成靜靜地聽大人們說話，之於那個孩子氣的自己，在每年例行性的飯桌上，已經顯得遙遠而模糊。

大人果然與年紀無關。像是前幾天張凱問我，是不是通常做了好事的人下輩子就會成為富家子弟，衣食無憂又人見人愛。我說不是吧，感覺那是上輩子做壞事的人，我覺得上輩子做好事的人這輩子應該是成為自在又快樂的人，無論他有沒有錢，雖然我們不能忽略金錢之於現實生活的必要性。大人與年紀無關，如同快樂不必然與金錢有關。

想到之前讀《童年的消逝》，裡頭有一段話大概是在說，成人與兒童的最大差異是擁有羞恥心，成人會自普遍的社會規則中習得什麼是羞恥，而羞恥心會使得成人將自身對於性、暴力等等這類人本能的慾望進行約束。作者同時提到童年的概念與成人的概念，從來都與年齡無關，童年是社會的產物並非與生俱來，它甚至是一個歷史的產物，是人類創造的一個概念。

以這些學者的論述為背景，我是認同羞恥心的，也認同童年的概念是相對的，只是回想今天晚上聽著大人們說的話，以自己感性的語言來說，成人大概是要像乾媽這樣的大人一樣，經歷了世界的善與惡，並以此找到自己相信的事，更以此習得之於自己的快樂的辦法吧。學會掌握自己身上天生的惡，當它們在刪不掉的諸多時候裡，懂得駕馭、控制它而非被它吞噬。

謝謝在成長的路上，有這麼多這麼好的大人做我的榜樣。今天頻頻冒出一個念頭，希望如果有一天，有機會能寫下他們經歷的、他們說過的話、他們相信的事。

學會掌握自己身上天生的惡，
懂得駕馭、控制而非被它吞噬。

謝謝妳的來信

收到一封三年前的自己寫給現在的自己的信。

#20160210

親愛的，我剛完成寫給二〇一七年的妳的信，總覺得還有話沒有說完。二〇一九年的妳還好嗎？不知道妳是否如願地出了三本書，有一本是以快樂國王為主的小說。妳曾說，妳會想要一直待在三采出版社，妳們要簽另外三本書了嗎。啊，還有，Facebook上的故事貿易公司還在嗎？希望妳仍在做著妳喜歡的事，仍不斷地在說故事、仍相信夢想不是妄想、仍相信善良是面對世界最柔軟的方式。希望妳已經有能力用自己的錢買自己想要的東西，希望妳已經遇到了那個想牽著手走一輩子的人。希望妳仍過得自在、踏實、快樂，不要被名氣影響、更不要被他人的評論影響。

「真正的優越不是超越別人，而是超越自己。」願妳已經成為一個優越的人。我一直相信妳一定可以的，一定可以。

親愛的，

1. 是的，我剛出完第三本常態性出版作品，其中一本確實是小說。雖然還沒有能力寫快樂國王的故事，但真的寫完了自己的第一篇長篇小說。非常非常有成就感呀！

2. 是的，我還在三采，以後也會在三采。我們已經又簽了三本，現在已經在偷偷地、慢慢地開始想像第四本了。謝謝妳當時寫下這些，安定也提點了現在的我。

3. 是的，臉書上的故事貿易公司還在，只是時間過得很快，妳知道嗎，現在好多人都跑到Instagram上面，不知道未來大家會去哪裡，但我一直會愛著我的故事貿易公司，因為那是最初，若有一天平台消失了，我也會永遠將它放在心裡。

4. 是的，我仍相信夢想不是妄想，也仍在做著我喜歡的事。但我也明白了為什麼有些人心裡會認為夢想就是妄想，我不再那麼積極地認為這樣偏向極端的意念是理所當然的、是值得被無條件推崇的。生活的現實面會消磨人，儘管它也會讓人變得豐厚，但是沒有人能無視自己被消磨掉的部分。

5. 我不知道我還相不相信善良是面對世界最柔軟的方式，看到妳這麼說，我才知道自己這樣想像過。我有點高興但也有點討厭那樣的妳，我討厭妳太過天真，天真和無知有時候是相通的，有時候妳以為的善並不是真的善，有時候大愛會傷害小愛，有時候喊著要做一個溫暖善良的人，自己並不一定真的如此；但是我很高興，還好妳曾這樣相信過，不知道未來的我們會怎麼看待現在的我們，但是有妳曾經的相信，我就會願意繼續相信。

6. 是的，妳可能無法想像，我竟然買了一組傢俱（這應該是當時的我們最想要的了），雖然選的是平價傢俱，但是以前戶頭裡有超過一萬元就會覺得富有的我，也變得貪心了，現在戶頭裡如果只有一萬元，我會感到害怕。妳看，我現在是用「只有」來形容一萬元。很可怕吧，人擁有越多，慾望越大。但是我知道這也是一個機會去看見自己的心性，總之想告訴妳，我做到了這件事，相信妳會以我為榮，因為妳也始終是我的驕傲。

7. 這題我忍不住笑了，親愛的，一輩子太長，現在的我希望在學著愛一個人之前，先學會好好愛自己、愛自己的生活，好好照顧我們的身體和靈魂。所以現在的我已經不把相愛當作願望了，妳好可愛（笑）。

8. 是的，我仍過得自在、踏實、快樂。但是這些都變得難了，更多時候的我是徬徨迷惘、充滿害怕的，有很長一段時間我大概還是被影響了，被妳說到的名氣、別人的評論，這件事好難啊妳知道嗎，如果真的遇見妳，真想問問妳，問那個小小的妳會怎麼和我聊這些事情。不過我覺得很慶幸，那些妳所珍惜的所愛著的好朋友都還在，他們給了我們許多珍貴且重要的陪伴和叮嚀，還有去年，出版團隊更是陪著我們走過了一段奇幻旅程，所以我似乎又重新在自己身上看到了妳的影子。現在的我說完全不在乎是不可能的，但這種在乎已經不是在乎評論，不在乎也不是無所畏懼，而是我想讓自己根本上會有的情緒反應自然地發生，所以這些心思會出現，但我不再那麼害怕或總覺得一定要避開了，因為有著太多愛著我們的人，他們是我們的萬千燈火，他們會照亮我們身上許多的角落，同時也仍允許我們擁有待在角落裡的自由。

9.「真正的優越不是超越別人，而是超越自己。」這句話妳是從哪裡抄來的啦，我又再次被妳逗笑了。親愛的，我仍想超越自己，但恐怕不喜歡用優越來形容這樣的狀態，現在的我想當一個甘於平凡的人（不只是一個平凡的人），漸漸地我看到，沒有一份驕傲可以是理所當然的，我們的背後有許多人，直接或間接地影響、給予我們無數能量和機會，讓我們能成長成更趨近自己想要的喜歡的樣子，讓我們擁有更大的能力做更多的事，這些都不是理所當然，就連妳說的「超越自己」其實也是奠基在許多人的愛之上的。親愛的，我們做一個甘於平凡的人吧，像房東的貓唱的：「是的／都會凋零／或早或晚／願你盡量明白那種平凡」，去體會事情的出現和殞落，從中做到珍惜而非僅僅只是學著珍惜。也像電影《寂寞公路》裡的台詞：「一個作者最富有的地方，在於他和一個普通人一模一樣。」

最後，好驚喜收到妳的來信，記得二〇一七年的時候也有收到，那時候妳在信裡寫的最後一句是：「別忘了有很多人愛妳，包括現在的我。」

謝謝妳是這樣的人，攙扶住了後來的我們。今年我想我可能會再去一次合興車站，再去寫幾封信給未來的我們，雖然妳已經不在了，但是沒關係，妳透過自己寫下的信，也已經永遠地活著。

#20190617

特別收錄

微小說

花子

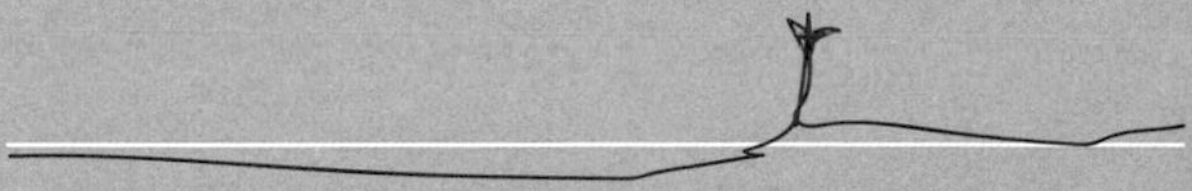

我們以為人多的地方比較不孤獨，
其實只是大家聚在一起各自孤獨，
我們只是在選擇要一起寂寞還是一個人寂寞。

花子

Hua Tz /

01

花子搬進新的小鎮，聽聞這個小鎮的居民都對這裡讚譽有加。

第一個和花子打招呼的是叫做明矢的年輕男孩，名字有點日系，和他灰色的頭髮一樣，明矢的不拘小節看起來像是住在這裡很久的人。妳像花一樣，我要叫妳花子，男孩說。我就叫做花子，你真聰明，花子說。姐姐要在這裡做什麼，要做什麼我都可以幫忙，明矢笑得一臉天真無邪。賣燈飾，花子邊說邊將一箱一箱的燈飾從卡車上搬下來。明矢成了她的小跟班，在這裡替她分擔工作業務，賺點零花錢。

花子搬到鎮上約莫三個月時，來了一個西裝筆挺的客人，他有好看的五官，像是外地來的。他買了不重要的燈飾，他搭訕花子，他要和花子戀愛。他直搗核心。花子欲擒故縱，一部分膽怯，一部分享受。花子有一個不能說的祕密。妳覺得我叫什麼名字我就叫什麼名字，他這麼跟花子說。花子說，你太無理取鬧。就為妳，他說。你油腔滑調，花子說。但是妳喜歡，他說。花子沒有接下去，泛紅著雙頰。這是她的祕密，她總是要愛上壞男生，她要穿著樸素簡單的衣服，她的放蕩要在床笫間，只有壞男生能滿足她。

花子管叫他山，你是我想盛開的山，她說。

02

花子和山戀愛。

他們寫純潔的情書，在清晨做愛。花子太幸福了。只有一件事花子弄不明白，山從沒有提起過他的任何家人，或是任何過去，山像是一個沒有過去的人。每當花子想問，看著山面有難色的樣子，花子又會將問題吞回肚子裡去。

花子問明矢，你覺得山怎麼樣。很好，明矢說。但他有祕密，花子說。誰都有祕密，明矢說。但是他不讓我知道他的過去，花子說。但是他滿足了妳現在的幾乎是所有的需求呀，明矢又露出無邪的笑容，你要他天天寫情書他沒有一天偷懶。你怎麼知道那是他願意還不願意，你又不是我們，花子噘了噘嘴。你想要怎麼樣的姿勢他也會滿足妳，明矢仍掛著天真的笑容，愛慾在他的臉上沒有痕跡，只是一種單純的敘述。花子有些尷尬地低下頭。明矢聳聳肩，總之他很好，明矢說，對妳而言絕對是最好的。

越完美越奇怪。最後花子再也無法忍住自己的好奇心，決定偷偷跟蹤山。

03

這天山離開花子的小店之後，整天都待在他的車子裡，那輛第一次來買花子的燈飾時開的高級轎車。山沒有去吃飯，坐在駕駛座的動作看起來像是在睡覺。

一會兒後，她看見有個戴墨鏡、梳著油頭的男子走近山的轎車，他熟練地打開後車廂，將一個黑色的行李箱放進去，接著走向車身，打開副駕駛座的門坐了進去。山一動也不動，彷彿不知道有人來了。那男子低頭不知道在撥弄什麼，山動了起來，然後換那男子不動了，也像是睡著一樣，但是動與不動之間的時間過於快速地令人疑惑，比起睡著更像是昏倒。那是花子第一次看見山與除了自己以外的他人互動，山甚至不太跟明矢說話。

花子發現自己太過專心了，她差點要從後車內的後照鏡中看見自己，於是趕緊轉過身跑進小巷子。結果她撞上了一個面色蒼白的年輕女人，女人的頭髮有些凌亂，穿著全白的長碎花洋裝，兩眼有著深不見底的恐懼。

妳還好嗎，花子問。沒事、我沒事，女人沒有看向花子，我只想拿回我的行李箱，女人說著眼眶泛起了眼淚。行李箱？花子皺眉。那轎車的後車廂裡有我的行李箱，年輕女人指向巷子口的黑色轎車，是山的轎車，女人指的是剛剛的油頭男子拿著的行李箱嗎。花子感覺到自己正在靠近她不想靠近的事實。我幫妳，花子說。但是她知道自己必須靠近。在花子這裡愛是全面地理解彼此，然後選擇有所傷害、被傷害或是繼續愛下去。但是他們，要等他們充電的時候，才有機會，女人邊說，嘴唇有些發抖。充電？花子愣了愣。就是現在，女人說，眼睛直直盯著那台高級轎車。花子看過去，山和那個油頭男子都一動也不動地坐在位置上。

花子躡手躡腳地靠近，發現後車廂是微微打開的，大概是油頭男子剛剛沒有關好。花子輕輕抬起車廂蓋，伸手拿了行李箱後轉身就跑。行李箱異常地輕。

年輕的女人跟在花子身後，她們一起拐進遠處的小巷。來，這給妳，花子將行李箱遞近女人，女人瑟縮著身子，兩眼的淚光沒有停下。女人沒有接過手。我知道妳是新搬來的，女人忽然說道，妳家有沒有出現一個年輕女孩嗎？天真無邪、可愛模樣的那種女孩，女人突然看向花子，兩眼發直地問。沒有耶，花子搖搖頭，然後想起明矢，有個小男孩，花子說。女人看似沒有獲得她害怕的答案，緩緩垂下眼眸。這個行李箱……能先放在妳那裡嗎，我恐怕還不能帶走，女人說，請幫我藏起來，但是妳千萬不要打開它、無論如何都、都不要……，女人落下眼淚，嗚咽地才把話說完，都請不要打開它。

04

明矢似乎認得那個行李箱，從花子帶回那個行李箱後，明矢的話就變少了，笑容也是。花子很想問明矢，但又不敢開口。明矢與山，他們並不熟識。

妳能不能把那個行李箱丟了，或是拿到地下室，或是屋頂，有一天下午明矢忍不住請求花子。為什麼，花子問。那個行李箱讓我不舒服，它不是屬於我們的東西，不屬於我們的，就還回去，不然就讓它遠離我們，明矢說。好吧，花子說，但我不會覺得不舒服，不知道為什麼，那個行李箱讓我有安心的感覺。

山沒有發現那個行李箱，但有另外一件事情讓花子也感到困惑，明矢似乎在避著山。以前他們儘管不熟悉，也會禮貌地打招呼，明矢漸漸地總會在山要來找花子時說自己有事要請假。妳快點把那個行李箱拿走，明矢再次請求。

花子決定把行李箱拿到地下室，地下室一直是儲物用的，鮮少有人會下來，包括花子。花子隨意地將行李箱擺放在一旁，但她無意間發現，自己的地下室竟也有個一模一樣的行李箱。她不記得自己有過這個款式、這個顏色的行李箱。

花子將那個黑色的行李箱打開，裡面是空的。是明矢放的嗎？還是山放的？這讓花子開始對那個年輕女人的行李箱感到好奇。花子決定將年輕女人的行李箱打開。

啪一聲，打開了。

年輕女人的行李箱沒有密碼。年輕女人的行李箱裡面也什麼都沒有。

兩個行李箱唯一的差別是，年輕女人的行李箱輕得像是紙盒，而地下室多出來的行李箱則是普通的重量。

花子找不到人可以討論這件突兀，但好像又並不重大的事。她才想起搬來這個小鎮快要半年，除了明矢與山以外，自己竟誰也不認識。甚至連那個年輕女人的名字、住在小鎮上的哪幢房子裡她都不知道。

花子有了孤獨感。心裡有祕密就會孤獨。

明矢嬉鬧的陪伴，山的溫柔和激情，甚至在他們之外，生活的一切都被小鎮特殊的機制有效地管理和掌握，包括每個週末送到家門前的食物、報紙與書籍。明明沒有看見是誰送來的，但食物都是自己愛吃的，書籍都是自己有興趣的，這個小鎮一如聽聞中的那樣美好——你想要的所有，在這裡都可以找到。這也是母親臨終前告訴她的，那裡好好，母親說，住在那裡真的好好。

好好。母親重複了許多次。

06

花子有時候會去地下室打開那兩個行李箱，她在上面貼上了標籤，「蒼白的碎花裙」、「空的」。行李箱裡仍是什麼都沒有。若把好奇心放在地下室，幸福平靜的生活也許就能一直這樣過下去。

可惜好奇心總會飛竄地膨脹。

花子終於忍不住問山，你不覺得我們之間有很多問題嗎。有什麼問題，山問，我們很好啊，一切都很好。我們的問題就是我們之間沒有任何問題，花子說，沒有裂痕、沒有爭吵、你符合了我所有的想像。這樣不是很好嗎，山又問。不對，這樣不對，花子搖搖頭，每個人都會有裂痕，那是來自過去的，還沒長大、所以不小心做錯事，還不成熟、所以不小心做錯了選擇，裂痕來自許多無意識的不小心，它們變成一個人的過去，甚至可能影響他的現在，花子看向山，但是你好像沒有那種裂痕，你做的一切都太……太精準了，不應該是這樣的，山，你的過去是什麼，我想知道。

過去不重要，重要的是現在，山垂下眼眸，慣性避開。我是念舊的人，花子說。念舊是惡魔法喔，山露出調皮的笑容，這樣妳會被記憶綑綁，我們不要念舊比較好。不要嬉鬧，花子有些生氣。念舊真的是惡魔法，山收起笑容。

若不念舊，我就會忘記我的母親，花子沉下語氣。你的母親呢，她在哪哩，花子問。山沒有說話，花子仍盯著山。山抬起頭，我能去地下室嗎，山誠懇地問。花子不寒而慄。

你要做什麼，花子問。我想拿走那兩個行李箱，山說。你監視我？花子驚呼。妳的所有我都知道，這沒什麼，山聳聳肩，妳不也知道嗎。花子忽然覺得自己並不認識山。

07

花子讓山去了地下室，她害怕，但更好奇。

山熟練地將兩個行李箱打開，都還在，山說，但是妳的行李箱變輕了呢。花子皺眉，她伸手去提那兩個行李箱，貼有「蒼白的碎花裙」標籤的行李箱仍異常地輕，而貼有「空的」標籤的行李箱仍一樣是普通的重量啊。除非山在這之前就有碰過這個行李箱，才會說出這種有比較值的話。花子萬分戒備。

你不要再來了，花子說，我們分手吧，如果你不願意告訴我你是誰，如果你都不誠實的話，就分手吧。我是山呀，妳想盛開的山，山說。不是，花子說，你沒有過去，我不知道你是誰。我是妳想盛開的山，山又說了一次。

女人的行李箱你不能帶走，我要還給她，花子說，我的……我不知道那是不是我的行李箱，你就拿走吧。那個女人不會再來了，山露出笑容，花子感到詭譎。若妳不要我來了，我就不會再來了，那女人的行李箱我要帶走，妳的妳可以留下，因為我還帶不走，雖然變輕了一點點但現在還是太重，山沒有聽從花的指示。那不是我的，花子說。那是妳的，山說，從很久以前就是妳的了。花子上前去提了提被留下的行李箱，並沒有山形容得那麼重，她很納悶。

隔天山確實沒有再出現。花子不適應。沒有情書、沒有甜言蜜語、沒有清晨的愛撫。花子的心空了好大一個洞，她在白大將屋裡的燈飾全部點亮，直到夜晚、直到隔天太陽升起、再到夜晚、再到隔一天的太陽升起。

連續好幾天後，花子決定去地下室看看那個沒有被帶走的行李箱。

行李箱變輕了。花子確定裡面有東西，而且正在消失。

花子將行李箱打開，行李箱的其中一側出現扭曲的影像，像是一個小螢幕，隱約中花子看見自己。她看見自己在鏡子面前挑選衣物的樣子，看見自己小時候將不喜歡吃的食物藏在幼稚園的圍兜兜裡，看見喜歡的男生和別人告白後自己仍故作鎮定地給予祝福，這些畫面裡都只有花子，所有她獨處時的一切。她看不見影像中女人的臉，但她知道那是自己。

明矢敲了敲地下室的門。花子有些驚嚇，趕緊將行李箱蓋起來，走上樓去。我要走了，明矢說。好，明天見，花子說。不是，明矢說，我要走了，我不會再來了，明矢的眼神很傷心，但是他沒有哭。

你要去哪裡，花子問。明矢沒有回答她。山會來帶走妳的行李箱，明矢說，如果妳還想住在這裡的話，妳最好把行李箱給他。

花子愣了愣。她赫然發現，明矢的天真無邪是真的，但明矢天真無邪背後的祕密也是真的。明矢在一開始就知道自己的名字並不是巧合。為什麼明矢會知道行李箱的事，為什麼明矢會知道山之前每天都寫情書給自己，為什麼明矢連花子和山的床事都知道，花子先前被自己的害羞、自己的尷尬矇混，現在山走了，花子才發覺明矢也與她所好奇又恐懼的未知事實有關。

09

花子決定像跟蹤山一樣地跟蹤明矢。但是她沒有成功。她一走出門，就看見那個面色蒼白的年輕女人，女人仍是穿著長洋裝，今天是鵝黃色，帶著一頂漂亮的蝴蝶結草帽，腳踩著白色的高跟鞋。女人看起來站得並不穩，眼神直直地往花子的方向看來。花子走上前去，她走得越近，越發現女人除了衣服以外，四肢顯得有些透明。

我想來跟妳說謝謝，女人說，雖然行李箱仍然被他們拿走了，我想我們沒有一個人逃得掉，我不怪妳。那行李箱裡到底裝著什麼，花子的激動裡混著內疚。妳的需求，女人說，心理上的、身體上的，被認同的需求、自尊的需求、被撫摸的需求、生活安逸的需求、渴望刺激的需求、想吃好吃的食物、想穿漂亮的衣服的需求。花子想起她看見的扭曲影像，看起來並不只是需求而已，裡面應該還裝著其他的東西。人的需求只會越來越多、越來越大，但那個留在地下室的「她的」行李箱怎麼會是越來越輕呢。

女人看著花子的眼睛逐漸失焦，我們往往是被動地透過需求驅使自己有所行為，只有當妳主動發現那些需求是妳的、妳要看見那些東西是妳的，妳才會看見行李箱裡的東西，女人說，他們太可怕了，他們掌握了這一切，這個小鎮、這個世界裡的一切，女人的聲音逐漸變得忽大忽小，像要斷訊的留聲機，千萬不要讓妳的行李箱被拿走、不要被掌握。這個小鎮很好，什麼都很好，但是這樣不對，女人繼續說，她的身子變得更為透明，這樣只是讓人變成統計數字，妳……真正的妳……會消失不見……人的原慾……應該……交還……給……他……自己……。

女人消失了。花子眼前只剩下一件鵝黃色的長洋裝、草帽、和一雙白色的高跟鞋。

10

花子伸手想要撿起癱軟在地上的衣物，一雙亮晶晶的皮鞋映入眼簾，皮鞋的主人早她一步將這些衣物拾起。花子抬頭，是那個戴著墨鏡的油頭男人。花子反射性地戒備。

不好意思，我是她的丈夫，男人的語氣平淡，說完後轉身就走。你不是，花子抓住男人的手腕。她不相信他。男人想要甩開花子，花子緊抓著男人，指甲都要掐進男人的肉裡。你們為什麼要拿走她的行李箱？花子問。拿？男人挑眉，是她自己給我們的，男人說，一點也不在意身為丈夫的謊言被拆穿。你騙人，花子生氣地說，你跟山是一夥的，你們讓她消失了。哦，原來他在妳這裡叫做山啊，男人露出戲弄的笑容，空著的手往對街的方向擺了擺。

花子看見對街有一輛眼熟的黑色轎車，山坐在駕駛座，眼睛直視前方，彷彿沒有看到花子。你們是誰？花子問。最了解你們的人，男人說，眼睛沒有看向花子，而是看向整個小鎮的街區。你們是誰？花子又問了一次，行李箱裡裝的到底是什麼？男人的笑容沒有褪淡，他用力地將花子的手甩開，邁著步伐往對街的黑色轎車走去。

是我們的需求嗎？花子聲色鏗鏘地喊。男人聞聲停下腳步，走了回來，笑容更加深沉。她說的嗎？男人指了指拎在手上的衣物，那她真是小看我們了。妳是誰？男人看向花子，噢，我不是在問妳叫什麼名字，而是妳的記憶、妳的喜好、妳的習慣、妳的……妳是怎麼跟他說的，裂痕？我是在說這些，讓妳跟別人與眾不同的這一切，行李箱裡裝的就是妳。花子瞪著男人。妳不是看過了嗎？男人笑著繼續說，喔，也可以說是，妳的自我，這樣也許比較好理解。

花子用力的眼神像是要把男人看穿。男人看起來並不在乎這些事情被知道、被傳遞出去，只是自在地聳了聳肩，妳搬到這個小鎮，不就是為了享受最貼近妳的服務嗎，妳喜歡的食物、妳喜歡的電影、妳喜歡的雜誌、妳喜歡的衣服款式，還有妳喜歡的男人類型，這就是這個小鎮啊，多好，男人咧嘴笑了起來，小鎮外的人都是這麼讚美這裡的，這裡好好，能生活在這裡好好，妳母親不也是這麼告訴妳的嗎？

那是因為你們監視我們！你是機器人！花子用力地說，我沒說錯吧，你們是機器人。男人笑著點點頭，是啊我們是機器人，但我們沒有監控任何人，那些足跡都是你們自願留下的，我們只是以此去服務你們，男子認真地看向花子，而且，離不開這裡的妳也算是半個機器人。花子握緊拳頭。我們只是妳的延伸，男人說。

花子怔住了。若不滿意，妳隨時可以搬走，說完後男人頭也不回地走了，甚至瀟灑地舉起拎著女人衣物的手揮了揮，像是無聲的再見。

花子追了上去，但是沒有追到。男人一上車，山就將車子開走。唰一聲，車窗被反成一面黑色的鏡像，再也看不見車廂內部。男人坐在副駕駛座露出嫌惡的表情，不知道按了身上的哪個按鈕，幾秒鐘後就完全地變成了一個妖艷的女人。

什麼丈夫，愚蠢的人類，副駕駛座上的妖艷女人說道，管理者沒有性別，真是愚蠢的人類，她又說了一次，要不是因為你們總認為男人比女人更值得信任。

11

花子決定搬離這個小鎮。她收拾東西，請來搬家公司。

搬家公司將她載到小鎮的另外一邊，另一邊的景色和花子原來住的街區截然不同。花子太喜歡原本的街區，完全沒想過要到小鎮別的街區走走。這是她第一次來到這裡。這個街區的人們沒有表情，低悶的氣氛像是隨時都有人會發起脾氣。街區上方的天空有一朵不會動的烏雲，籠罩在那裡，又好像從不會下雨。

這是哪裡，花子問搬家公司的人。這是一〇九八區，搬家公司的人說。這個小鎮總共有幾區？花子問。小鎮？搬家公司的人露出狐疑的表情，我不知道有幾區，應該有無限個區域吧，每分每秒都會有新的區域出現，所以我確定這不是一個小鎮。花子露出震驚的表情，那我要怎麼離開？花子問。

離開？搬家公司的人問，為什麼要離開，這裡很好啊，每一區都很好，每個人都住在自己覺得舒適的區域。舒適，你沒看到這區的人臉色都很難看嗎，花子聲音高了八度。妳怎麼知道他們是不是就喜歡悲觀地活？搬家公司的人有些不屑於花子的反應。怎麼會有人喜歡悲觀地活？花子無法接受。那妳怎麼會喜歡樂觀地活？或是，妳怎麼會喜歡妳原本那一區的生活？搬家公司的人露出不耐的表情。大家都喜歡啊，花子理所當然地回答。誰跟妳大家，就只是喜歡一樣的東西的人聚在一起，就以為大家都喜歡，搬家公司的人重新啟動車子，我載妳回去吧，他說，那才是妳的世界，但那不是世界的中心，妳不要傻了。

那世界的中心在哪裡？花子問。世界沒有中心，搬家公司的人面無表情。如果妳以為人多的地方就是中心，我只能說，人多的地方就只是人多的地方，人群是流動的，主流的一切都是流動的，所以，住在這裡最大的好處就是妳只需要和妳喜歡的一切人、事、物相處就好，為什麼要離開？花子愣著臉沒有再說話。

搬家公司的人將花子載回她原本的小店門口，花子沒有進去，只是坐在其中一個裝滿雜物的紙箱上。

我妹曾經想要離開過，搬家公司的人邊將剩下的紙箱搬下車。她有成功嗎，花子問。有，搬家公司的人說。那她現在在哪裡？花子繼續問。我不知道，她離開了。離開？是死掉了還是消失了？他說，沒有死掉也沒有消失，就是離開。我不懂，花子盯著搬家公司的人。懂越多越痛苦，越無知越快樂，搬家公司的人邊說邊將最後一箱紙箱搬下車。

我不知道怎麼離開，我妹沒有告訴我，所以妳不要問我，我也不知道方法，而且我覺得這裡很好，不需要離開，搬家公司的人說，但她離開前有跟我說過一句話。她說了什麼？花子問。

她說，我們以為人多的地方比較不孤獨，其實只是大家聚在一起各自孤獨，我們只是在選擇要一起寂寞還是　個人寂寞。搬家公司的人聳聳肩，我覺得太深奧了，妳不懂很正常，我也不懂，我覺得不需要往苦裡鑽妳知道嗎，不要問別人問題，問妳自己現在快樂嗎，問妳自己要怎麼樣才能快樂，快樂地活著，就算無知也沒關係，人活著，快樂最重要。搬家公司的人說完後揮了揮手，就這樣，我先走了。

花子坐在原地，看著搬家公司的人將小卡車開遠，直到轉向別的馬路。

小卡車在轉向後漸漸地變形、變色，坐在裡面的搬家公司的人也漸漸地變成另外一個人。小卡車變成黑色的轎車，車窗被反成一面黑色的鏡像。

12

有數千個孩子躺在一個偌大的房間裡，孩子儘管是閉著眼睛，都能感覺到那天真無邪的氣息。

這是改良過的防毒軟體，一位穿著白色實驗袍的男子對著管理者說。很好，管理者以中性的嗓音回覆他，不要再發生像明矢一樣的事。明矢以為自己是來保護花子的，他永遠不會知道自己其實只是監控系統的一環，明矢不應該離開花子，這讓管理者很生氣。

今天又來了許多新的住戶，把他們送出去吧，管理者說。

山被初始化了。管理者給他一個地址，告訴他那是他工作的地方。把舊物處理掉，記得將地下室的行李箱帶回來，管理者說。山來到花子原本的小店，一切都變得陌生。裡面沒有人。花子在決定安靜地享受這裡舒適的生活之後就無聲無息地消失了。山將行李箱帶回去給管理者，接著等待下一個住進來的人。

花子在消失的那一刻只是覺得自己睡著了，她醒來時發現自己躺在一個膠囊床裡，裸著身子沒有穿任何的衣服，膠囊床的左邊是另外一個膠囊床，右邊也是，膠囊床無限延伸，每一張膠囊床裡面都有一個裸身的人。花子微微坐起身，她看見那個年輕女人平靜地躺在其中一個膠囊床中，於是她又躺下，將眼睛閉上，這應該是夢吧，花子想。花子繼續睡覺。

數以萬計的膠囊床顯示在螢幕上，不過觀看螢幕的人並看不出來，螢幕上只有無數的以膠囊床組合出的統計數字。

敬這美好的世界，管理者滿意地看著螢幕。纖細得像女人的手握著酒杯，杯緣被一半是女人的紅唇、一半是男人的厚唇親吻著。管理者站起身走向窗邊，一隻腳穿著紅色的高跟鞋，一隻腳穿著油亮亮的黑色皮鞋。

酒杯裡裝著許多扭曲的影像，被優雅地一口喝下。

窗外的某一處有一輛搬家公司的卡車在花子原本的小店停下，一個中年男子下了車，他今天剛搬進來，他聽說這裡的居民都對這裡讚譽有佳。

國家圖書館出版品預行編目資料

我還是會繼續釀梅子酒 / 張西著 .
-- 臺北市 : 三采文化 , 2020.01
面 ; 公分

ISBN 978-957-658-269-1(平裝)

863.55 108018911

suncolor 三采文化集團

愛寫 35

我還是會繼續釀梅子酒

作者｜張西
副總編輯｜鄭微宣 責任編輯｜鄭微宣
美術主編｜藍秀婷 封面設計｜莊謹銘 作者攝影｜蔡傑曦
內頁版型｜高郁雯 美術編輯｜ Claire Wei
行銷經理｜張育珊 行銷企劃｜周傳雅

發行人｜ 張輝明 總編輯｜ 曾雅青 發行所｜ 三采文化股份有限公司
地址｜ 台北市內湖區瑞光路 513 巷 33 號 8 樓
傳訊｜ TEL:8797-1234 FAX:8797-1688 網址｜ www.suncolor.com.tw
郵政劃撥｜ 帳號：14319060 戶名：三采文化股份有限公司
初版發行｜ 2020 年 1 月 3 日 定價｜ NT$360
11 刷｜ 2024 年 3 月 5 日

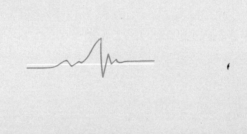